LE JOUR OÙ FÉLICITÉ A TUÉ LA MORT

HENRI GOUGAUD

LE JOUR OÙ FÉLICITÉ A TUÉ LA MORT

roman

ALBIN MICHEL

« La mort n'a qu'une peur :
que la vie la dévore. »

Avrom Sutzkever
(mais je n'en suis pas sûr)

1

« J'entre aujourd'hui dans ma quatre-vingt-quinzième année, et je n'ai pas envie de vieillir. »

Félicité laissa aller son stylo entre les deux feuillets du cahier grand ouvert, le ferma et le déposa sur la table de nuit, à côté de la seringue pleine à ras bord de mort-aux-rats. Elle resta un moment songeuse, sourit un peu, soupira d'aise. Son journal désormais ne l'occuperait plus. Elle venait d'en écrire le dernier mot. Elle allait mourir. « Je vais me donner la mort », se dit-elle avec une solennité d'orateur judiciaire étrangement mêlée d'appréhension enfantine. Un instant, elle se sentit comme prise en faute. Elle trouva cela si délicieux qu'elle en eut un rire d'oisillon. L'envie de dire adieu aux meubles de sa chambre lui traversa l'esprit, mais non, ils somnolaient sans aucun souci d'elle. Seul un volet grinça derrière la fenêtre, mollement rabattu par le vent paresseux. Son ombre fugitive effleura un pan de parquet, le vase de fleurs sur la commode, le pied du lit puis il s'ouvrit à nouveau et réapparurent les nuages passants, la lisière de la forêt au bout du hameau, le chemin du village enfoncé sous les arbres.

« Je n'irai jamais plus au bistrot de Paula », se dit-elle en se pelotonnant douillettement sous l'édredon. Jamais plus. Elle répéta trois fois ces deux mots fatidiques sans parvenir à éprouver cette désespérance noble dont on habille, d'ordinaire, ce genre d'expression. La troisième fois, elle osa même parodier une envolée poignante de chanteur d'opéra. Elle se demanda comment, au temps lointain où elle aimait à s'exalter de chants désespérés, elle avait pu se laisser tourneboulcr par cette sorte de sonnerie aux morts. Un joyeux étonnement fit pétiller ses yeux. Jamais plus. La belle affaire ! Il était acquis et connu de tous que chaque pas, chaque instant de notre fatigante existence tombait incessamment, sans espoir de retour, dans le panier sans fond du ramasseur de vies. Il n'y avait pas de quoi en faire un numéro de trombone métaphysique. Elle essaya pourtant, par envie de sensation forte, d'éprouver ce sombre recueillement que provoquent les *never more*. Elle n'y parvint pas. Le tragique, décidément, était un passe-temps pour lequel elle n'avait plus le moindre goût.

Ses doigts, sans qu'elle y prenne garde, s'aventurèrent parmi les poils follets de son pubis. Elle se gratta négligemment, souleva à peine sa fesse droite et laissa aller un pet. Elle en eut, en écho, un long soupir d'extase. Elle entrouvrit le drap pour en flairer l'odeur. Une ivresse légère l'envahit, délicieusement solitaire, une jubilation puérile, minuscule et pourtant indicible. Elle se demanda si les morts avaient de ces jouissances secrètes. Elle se répondit, confiante : « Ils ont sûrement mieux. » Puis : « Mieux ? Oh non, c'est impossible. Rien n'est mieux que ce moins que rien. » Elle se sentit troublée, et déjà nostalgique de ses humbles plaisirs. Lui vint une ombre de tristesse. « Oh non, je ne veux pas, se dit-elle. Va-t'en ! » Vite, chasser les brumes sales qui menaçaient de l'envahir. Elle ferma les yeux, se raidit et fit lever en elle un envol de bourrasque. Il emporta sa chambre aux meubles endormis vers un lointain de feuilles mortes, l'armoire, la commode et le vase de fleurs, le plafonnier jauni, la photo de ses grands-parents au garde-à-vous endimanchés dans leur cadre de bois verni. Son coup de vent la rafraîchit. Elle ramena son châle sur ses épaules, battit à petits coups l'édredon autour d'elle et croisa les doigts sous ses seins.

Elle fronça soudain les sourcils. « Mon épitaphe, se dit-elle. On a beau faire son bagage avec un soin bénédictin, on oublie toujours quelque chose. J'aurais dû demander à mes chéris d'y réfléchir. » Quelques phrases joliment musclées la traversèrent au petit trot. Elle les laissa passer sans leur saisir la bride. Ses chéris. Elle se plut longuement à les imaginer inondant de larmes la lettre qu'ils avaient forcément reçue au courrier de la veille au soir. Elle leur annonçait son décès volontaire et les invitait, ou plus exactement leur intimait l'ordre de venir sans tarder enterrer ses vieux os. Elle se surprit à prendre à leur chagrin supposé un plaisir vaguement pervers, quoique mélancolique. Ces trois-là étaient les seuls rescapés de sa longue vie d'institutrice publique. Quarante ans d'apostolat laïque. Quarante ans de troupeaux d'élèves plus ou moins moutonniers. Elle s'était mille fois vaillamment enrouée à tenter d'enfoncer sous leur crâne penché quelques rudiments de cette arme pacifique que l'on appelle le savoir. Tous, pourtant, au sortir de l'école, s'étaient empressés de se dissoudre dans les foules plus ou moins laborieuses sans le moindre regard par-dessus leur cartable. Tous sauf ces trois miraculés qui n'avaient pas cessé, aux vacances d'été, de venir passer quelques jours sous le vénérable pommier qui ombrageait le jardin de madame Félicité.

Elle les aimait d'amour inébranlable. Clément, surtout (quoique chacun son tour, selon l'humeur du jour, soit préféré aux autres). « Clément, mon Dieu, si maigrichon, si vulnérable ! Ne me dis pas que tu te souviens de lui, Jimmy, foutu baratineur ! » Elle lança un coup d'œil pointu à la table de nuit où se dressait, seule debout derrière la seringue et le cahier posé, la photo d'un soldat adossé au capot d'une jeep militaire. « Tous les soirs, moi, je te raconte mes soleils du jour, mes soucis. Je t'ai gardé tout beau, tout jeune, tout aimant, près de moi, à portée de main, mais je te connais jusqu'à l'os. Tu m'as menti, et sacrément. J'ai fait de même, je l'avoue, mais maintenant je rectifie, ce que toi, tu n'as pas su faire. Non, je ne t'ai jamais parlé de mes chéris. Ne fais pas semblant, s'il te plaît, de les connaître mieux que moi, avec ta casquette en arrière et ton sourire de yankee. Aujourd'hui, c'est moi qui commande. Je vous veux tous là, en famille, Clément, Édouard, Constance et toi, mon tant aimé, autour de ce lit où je meurs sans savoir ce que mort veut dire. Je veux que tu les aimes, les enfants de ma vie. Alors tu te tais, tu m'écoutes et tu cesses de me souffler des obscénités dans le cou.

« Clément, dix ans, sans amis proches. Tignasse bouclée jusqu'aux yeux, pour l'écarter, il souffle en l'air. Pantalons courts même en hiver. Chaussettes toujours aux talons. Tu le vois bien, Jimmy, dis-moi ? Il est le seul de mes petits qui ait accompli la merveille de faire des mots d'une histoire un an de vraie vie en couleur.

« L'après-midi, parfois, après le cours de sciences, je racontais un conte à mes trente marmots. Ce jour-là, je leur dis la fable des deux jarres. Écoute, elle te fera du bien. Chaque matin un paysan, une perche au travers du dos, charriait donc deux jarres d'eau de la fontaine à sa cabane. L'une était fendue, elle pleurait. Sa compagne lui ronchonnait : “Tu perds ton eau, tu me fais honte, on ne peut pas compter sur toi !” L'homme, entre elles, l'échine courbe : “Ne l'écoute pas, disait-il à la malheureuse faiblarde, où tu passes naissent des fleurs. Bénies soient tes fêlures, elles abreuvent la vie !” Cette histoire, depuis le temps, je croyais l'avoir oubliée, mais non, elle est là, toute vive, je la sais encore par cœur. Bref, fin du conte et fin des cours. L'heure de la sortie disperse la marmaille. Clément reste seul à sa place, tout pensif, le regard perdu. Je ne bouge pas, moi non plus. Je ne range pas mes cahiers, comme je le fais d'habitude. Quelque chose m'empêche de l'abandonner là. Il se tait. Je ne lui dis rien. Je suis sûre que même morte je n'oublierai pas la bonté de ce silence traversé à l'abri des bruits du dehors. Tu te souviens, Jimmy, de nos moments muets ? Tais-toi, ne me fais pas pleurer. Je jette un coup d'œil au petit. Il regarde je ne sais quoi. Il a l'air d'un enfant secrètement content de se raconter une farce. Je dis enfin :

– Tu dois sortir, l'école ferme, il est cinq heures.

Il prend son cartable et s'en va. Je l'entends courir sur la place.

« Le lendemain il entre en classe, les joues toutes rougies de vent, les chaussettes affalées sur ses souliers bourbeux, avec une poignée de fleurs ramassées le long du chemin de la ferme de son grand-père. Il les dispose en petits tas sur le bord de nos trois fenêtres, façon de dire : “Elles sont pour tous.” Et il fait ainsi chaque jour, de septembre aux grandes vacances, sans que rien ne soit dit du conte des deux jarres, que je n'ai jamais plus raconté de ma vie. Pourquoi ? Je l'ignore, Jimmy. Par crainte d'abîmer peut-être quelque chose, je ne sais quoi, dans l'invisible. Hé, cesse de m'horripiler avec tes questions de chouine-gomme. Sois un peu sensible, bon Dieu ! Dis-moi plutôt, c'est important : l'aimes-tu, mon petit Clément ? En tout cas (cela va te plaire, vous êtes faits du même bois), tout fils de paysan qu'il soit, il a fait des études de grande ville. Il est maintenant médecin anesthésiste à l'hôpital universitaire de Toulouse. Et qu'est-ce qu'il m'a dit, aux dernières Pâques, quand il m'a fait la surprise de venir déposer, sans aucun commentaire, un bouquet de fleurs des champs sur la table de ma cuisine ? Qu'il souffrait d'insomnie quasiment incurable. Un anesthésiste ! Oh, Jimmy, la larme à l'œil m'en est venue. » Elle se tut, soupira et parut contempler ce fils ébouriffé, la tête penchée de côté, avec ce regard débordant de tendre commisération que l'on pose parfois sur les enfants qui s'attristent d'un presque rien. Elle se souvint que ce jour-là il l'avait serrée dans ses bras. Elle en eut un regain d'entrain.

« Et maintenant, soldat, je te présente Édouard, le deuxième de mes amours, par ordre d'entrée dans ma vie. Jimmy, allons, viens près de moi, plus près, là, que je te réchauffe. Tu ne savais rien de mes hommes, c'est vrai, je te les ai cachés. Je te sens un peu remué. Je te trouble ? Je te surprends ? Je t'intrigue, voilà le mot. Ton sourire paraît moins fier qu'il ne l'était de bon matin. Tu croyais tout savoir de moi, de la cave aux poutres du toit ? Erreur, mon beau. J'ai toujours eu mes terriers, mes chambres secrètes, mes folies où tu n'étais pas, mes soucis, mes bonheurs, mes rêves. Écoute bien, mon grand dadais, ne nous voilons pas la figure. Je suis au bout de ma pelote, ne reste plus qu'un brin de fil. Il est grand temps d'être un peu simple. Je te dis tout. Je peux. Je dois. Si tu crains, ne m'écoute pas. Tu veux savoir ? Tant pis, j'avoue. J'ai parfois imaginé Blaise me farfouillant sous le nombril, oui, Blaise, le benêt, même pas quarante ans, et moi, plus de quatre-vingt-dix. Et quand je dis qu'il me farfouille, c'est un euphémisme poli. En vérité, non, je me tais. Tu as bien entendu, Jimmy. La nuit dernière encore, dans le noir de mon lit, tandis qu'il roupillait chez lui, sous ses gouttières, je ne te dirai pas ce qu'il a osé faire à madame Félicité. Ce fut d'une perversité dont je me croyais incapable. Il ne s'en doutera jamais, merci mon Dieu. Tu le connais, toujours prêt à rendre service, mais aucune imagination. J'y pense, il ne va pas tarder. Donc, soldat, plus de temps à perdre.

« Édouard. Il m'est venu sept ans après les fleurs du conte des deux jarres. Clément était déjà étudiant à Toulouse, et accessoirement brancardier mal payé. En ce temps-là, tous les matins, avant qu'ils n'ouvrent les cartables, je lisais aux enfants un poème choisi parmi mes livres de chevet. Personne, évidemment, n'écoutait, sauf Édouard. Allons, Jimmy, fais un effort, oublie Blaise, sois raisonnable, tu te ronges les sangs pour rien. Vois comme il est beau, mon garçon, et tout timide et si touchant qu'à le revoir à son pupitre dans la lumière du matin, je sens mon cœur s'ouvrir comme une vieille cage. Bref, dès le premier jour de classe, comme je m'applique à bien lire, en bonne maîtresse d'école, je m'aperçois qu'il me regarde, la bouche ouverte, fasciné. Les autres autour de lui explorent leurs narines ou finissent leur nuit, le menton dans les mains. Lui en oublie de respirer. Les mots que je dis l'émerveillent, il écoute, il découvre, il s'exalte en secret. Oh Jimmy, mon Jimmy, j'aurais aimé qu'il soit le fils de nos folies. Tu m'aurais dit : “Il te ressemble.” Je vous aurais serrés tous les deux sur mes seins. J'aurais pensé : “Mais non, c'est un artiste, lui.” Il l'était. Il l'était vraiment.

« Un matin, je découvre au bord de mon bureau un poème écrit au crayon sur une feuille quadrillée. J'en parcours les vers à la hâte tandis que je sors de mon sac mes affaires de la journée. Édouard m'observe, rouge vif. Il est évidemment l'auteur de cette œuvre que je découvre. Il croit pouvoir me le cacher. Il l'a signée du nom, le pauvre, de Victor Hugot, oui, avec un *t*. Je n'ai pas osé en sourire. J'ai annoncé à tous le poème du jour, et j'ai lu son texte à voix forte, avec respect et conviction. Il était bancal, maladroit. Ses paroles ont dégringolé dans le gouffre d'indifférence où étaient avant lui tombées les envolées des grands poètes que je m'escrimais à servir. Il s'en est trouvé fier, quoique tétanisé. Je crois qu'il n'a rien entendu de ce que j'ai pu dire d'autre. Je l'ai un moment retenu, à la fin des cours du matin. Je lui ai demandé ce qu'il aimerait faire, plus tard, quand il aurait grandi. Il n'a pas osé me répondre. J'ai murmuré :

– Poète ?

Il a hoché la tête comme s'il avouait je ne sais quel méfait. Je lui ai proposé de lui prêter des livres. Il a fièrement accepté. Cela signifiait, pour lui comme pour moi, qu'à l'abri des regards du monde nous étions amis, désormais.

« Il était pauvre. Il vivait seul avec sa mère abandonnée qui ne se lavait les cheveux qu'au hasard des pluies et des neiges. Elle ne savait pas lire. Elle louchait. Pauvre bête ! Son œil gauche voulait sans cesse se réfugier chez son voisin. Édouard l'aimait d'amour muet mais, je crois, infiniment triste. Seigneur ! Il paraissait s'être trompé de ventre, tant on le sentait étranger à cette égarée infantile. Je voulais qu'il soit écrivain. Je l'ai mis sur le bon chemin. Je l'ai nourri tant que j'ai pu de toutes les beautés possibles. Je l'imaginais sous sa lampe, penché sur l'œuvre de sa vie, cerné de livres en tas, partout. Tu me connais, Jimmy, je suis parfois têtue. Quand j'enfourche mes grands chevaux, en général je me débrouille pour qu'ils aillent où j'ai décidé. Eh non. Cette fois j'ai perdu. La gourde aux yeux largués qui lui servait de mère souffrait, depuis que son ivrogne avait levé le pied, d'insécurité galopante. Madame exigeait que son fils soit sans cesse là, rassurant comme un gorille de ministre. Sais-tu bien ce qu'elle lui a dit, un soir, à la fin d'un dîner de spaghettis trop cuits (elle ne pouvait manger rien d'autre, elle était de père italien) ?

– Tu veux savoir mon rêve ? Le rêve de ma vie ? Que tu sois policier et que tu me protèges avec ton revolver pendu au ceinturon.

« Une mère, ça pèse lourd sur le dos d'un enfant sans père. Le pauvre petit a cédé. Il a fait son devoir de fils. Il était rêveur et chétif. Il s'est bâti des muscles durs. Son regard s'est fait un peu rude. Il n'est pas devenu méchant, il en était bien incapable, mais il a pratiqué la boxe et la lutte gréco-romaine avec ce désir de bien faire que je lui ai toujours connu. Évidemment, je l'ai mal pris. Qu'il obéisse à sa loucheuse m'a gravement endommagée, moi qui ne voulais rien que de le voir un jour déployer ses ailes d'artiste et s'envoler vers les airs purs. Quand il est venu m'annoncer qu'il était reçu au concours de son école de police, je lui ai dit :

– Oui, et alors ?

Il attendait une embrassade. Nous étions seuls sous le pommier. Il m'a répondu, brave et triste :

– J'ai fait ce qu'il fallait, c'est tout.

Nous n'avons pu rien dire d'autre. Nous nous sommes souri, comme de pauvres gens. Alors mes maladresses et ses timidités n'ont tout à coup plus rien pesé. Nos bras se sont ouverts ensemble. C'est un beau souvenir, Jimmy. Édouard est devenu bel homme. Il lit beaucoup, il parle peu. Il a cette mélancolie et ce mystère naturel qui d'ordinaire émeut les femmes. S'il en est un qui aurait su trousser une belle épitaphe pour sa vieille Félicité, c'est lui, et lui seul, aucun doute. J'aurais dû le lui demander. Clément ? Oh non, trop médecin. Constance ? Allons, trop raisonneuse.

« Tu peux te rallumer, Jimmy, voici ma fille, mon unique. Constance, jamais fatiguée, envahissante, enthousiaste, tout pour plaire à un yankee mort, car si je te savais vivant, je la garderais à l'abri au fond de mes mémoires chaudes. Tu l'aurais aimée, je le sais. D'amour paternel, je l'espère, mais je vous aurais surveillés.

« Constance, mon dernier enfant. Ses parents étaient des urbains venus en Corbières profondes réveiller une vieille ferme qui se mourait tranquillement de manque d'idées et de bras. Elle a déboulé dans ma vie un matin de premier septembre comme un coup de vent printanier, remuante, fraîche, bavarde, joyeuse comme un soleil neuf parmi la grisaille écolière. C'était une tambour-battante. J'ai vu cela dès le préau, avant même que les enfants ne soient en rangs devant la porte. Il est ainsi des êtres rares qui ont le don sans doute inné de rendre les gens moutonniers. Elle décidait de tout à la récréation, à quels jeux on allait jouer, qui serait la princesse et qui le chevalier, qui le bandit, qui la marâtre, et tout le monde filait droit. En classe, à la moindre question, ses yeux s'illuminaient d'un coup, son doigt désignait le plafond et son babil précipité décourageait la concurrence. Elle ne se reposait jamais. Que surgisse quelque chicane, elle jouait le roi Salomon. Que l'on fête un anniversaire, elle en était la trésorière, l'ordonnatrice de chorale et l'allumeuse de gâteau. Elle était tyrannique, autoritaire, usante. Tu souris, Jimmy, oui, je sais, tu aimes ce genre de fille, tout à l'envers, en vérité, de ce que j'ai toujours été.

« Mais non, je ne plaisante pas, inutile de t'esclaffer comme un militaire yankee devant un cartoon de Popeye. Je ne me suis jamais mêlée des affaires des autres, moi, sauf évidemment pour leur bien. Sur ce point, certes, je l'admets, ma Constance me ressemblait. Je ne tiens pas à la défendre. Elle était fille d'écolo. On m'aurait dit : de colonel, ça m'aurait paru plus conforme. Elle parlait trop fort, c'est certain, mais c'était pour la bonne cause. Elle n'avait, au fond, qu'un souci : faire plaisir, rendre service. Par exemple, c'était une souffleuse hors pair. Je la grondais, il fallait bien, mais après que l'autre balourd avait enfin compris ses grimaces. Elle était tellement heureuse de l'avoir tiré d'embarras ! Cela dit, tous derrière, elle seule devant. Il n'était pas question qu'elle ne soit pas première. Elle l'était en toute matière, mais ce qu'elle désirait surtout, c'était de l'être dans mon cœur. Ma fête de fin de carrière, quand j'y pense, quel cauchemar ! Elle m'avait dit, la veille au soir :

– Je crois que vous serez contente.

Lui avouer que mon seul souhait était de prendre des vacances, impossible, elle était si radieuse et si sûre du cadeau qu'elle allait m'offrir ! Je me suis inquiétée, mais que pouvais-je faire, sinon me préparer à souffrir mille morts ? Mille ! Hélas, j'étais loin du compte. Un chef-d'œuvre de stress, Jimmy ! Je me suis retrouvée dans la cour de l'école, avec mes cors aux pieds et mes escarpins neufs, tout le village sur les bras, la fanfare municipale, les guirlandes, les petits fours, Constance aux petits soins, me tenant par la main, m'accompagnant jusqu'aux toilettes comme une fêlée du plafond. J'en frissonne encore, la nuit, quand je me raconte ma vie.

« N'empêche, de mes trois enfants, elle est restée la plus fidèle, la plus prolifique, et de loin, en lettres en papier recyclé et la plus présente au hameau où elle épuise ses congés en redoutables rangements. Elle est, depuis son âge ingrat, féministe plus que parfaite. Au bout de cinq années d'études au grand galop elle a épousé un collègue paisible comme un moine zen, et le métier de professeur de sciences et de biologie dans un collège parisien. Elle donne des cours en prison. Elle a vraiment bon fond, Jimmy. Elle a plus d'affection pour moi que je n'en éprouve pour elle. » Cette vérité-là lui parut évidente. Elle l'aperçut pourtant pour la première fois. Elle en eut un rire gêné, puis à nouveau songeuse, les yeux perdus dehors où remuaient les arbres : « C'est elle qui, demain, habillera mon corps en cadavre bien mis. Elle ne voudra laisser ce travail à personne. Oh, Jimmy, mon Jimmy ! Moi qui avais rêvé que nous mourrions, un soir d'été, serrés ensemble, à la même heure, et que nous serions enterrés, tous les deux nus, l'un près de l'autre dans la terre de mon jardin ! »

Elle s'alanguit, lasse soudain. Avait-elle connu le véritable nom de ce Jim elle-ne-savait-quoi qui la changeait en louve noire quand il lui tombait sur le corps et dévorait ses petits seins ? Lui, vraiment, elle l'avait aimé. Son cœur repartit en chamade. « C'était il y a cent ans, se dit-elle, ou cinquante, c'était peut-être hier. Que valent les années quand on se souvient d'elles ? Presque rien, des fumées défaites dans l'indifférence du ciel. Le temps se croit inexorable. L'idiot ! Vu du dehors, il l'est, il me froisse la peau, j'apparais décatie, ridée, flasque des bras. Mais je ne suis pas ma carcasse ! Le temps, ce passant, ce nomade, n'a pas pu abîmer ma maison du dedans, il n'a jamais osé y entrer. Sous mon crâne je suis sans âge, ou je les ai tous, c'est pareil. Il faut avoir vécu aussi longtemps que moi pour voir cette vérité-là. Mes réserves d'espoirs, de folies, de soleils sont là, intactes, à jamais neuves, prêtes à courir, à gambader dans la cour de récréation, à me changer en vierge tendre auprès d'un prince fou de moi. À quatre-vingt-quinze ans, je te le dis droit dans le nez, monsieur le Temps-qui-va et qui soi-disant tout emporte, j'attends, moi, l'homme de ma vie. J'en ai des émois de jeunette, des rêves joliment pervers que tu n'as jamais entamés, et pour peu que mon œil évite les miroirs, je me trouve sacrément belle. Ne pas obéir aux regards qui font des vieux, sournoisement, des sages ou des gâteux, la prison est la même, elle nous enferme hors de la vie, entre la dernière maison et la grille du cimetière. Ne jamais se laisser rêver par quelqu'un d'autre que soi-même. Qu'en penses-tu, Jim, mon salaud ? Pourquoi ne me réponds-tu pas ? Tu es là, pourtant, je le sais. » Elle ferma les yeux, ronronna et sourit à ses paysages.

Elle l'avait rencontré sur un trottoir peuplé de cafés à terrasse, l'été de la Libération. Elle était jeune institutrice, elle n'avait qu'elle à qui parler, les poèmes des fous d'espoir étaient ses prières du soir. Elle rêvait de guerre finie, de la Seine au pont Mirabeau, d'amour faut-il qu'il t'en souvienne, bref d'inoubliables vacances dans Paris enfin délivré. Elle y était enfin venue. Elle avait là-bas une tante qui exerçait, selon sa mère, le considérable métier de modiste pour dames riches. De fait, elle était ouvrière chez un fabricant de corsets, et elle logeait rue de Clichy, dans un galetas insalubre, en haut d'un immeuble bourgeois. C'était une inquiète chronique, elle avait peur d'à peu près tout, et surtout que sa nièce accueillie à la gare au bout du quai du train de nuit ne soit déçue par son logis, mais pas du tout, Félicité avait trouvé son nid touchant. Un matelas sous la lucarne ? Parfait, elle n'en voulait pas plus. Elle comptait visiter Paris, donc passer ses journées dehors, et peut-être même ses nuits. Sait-on jamais où vous emportent les musiques crépusculaires, les poèmes suivis par cœur le long des rues, les rencontres de faux hasard, les vieux fantômes en liberté ? Le temps de poser sa valise et d'embrasser sa tante Louise, pressée de courir au métro, elle s'en était allée, pimpante, arpenter les Grands Boulevards.

Or, tandis qu'elle baguenaudait, le nez au petit vent, parmi la foule matinale, elle n'avait pas vu l'homme à dix pas devant elle, occupé à nouer son lacet de soulier. Captivée qu'elle était par les automobiles, les autobus, le ciel gris tendre, les concierges en robe de chambre balayant leur bout de trottoir, elle avait trébuché contre son dos vêtu d'un blouson de cuir fauve. Elle s'était affalée sur lui. Avant qu'elle ait pu bafouiller le moindre couinement d'excuse, l'homme s'était dressé d'un coup, avec la voyageuse en croupe, et l'avait trimballée, sans qu'elle pût s'en défendre, jusqu'au plus proche guéridon d'une terrasse de bistrot. Il l'avait posée là, s'était assis en face et avait commandé deux grands cafés-croissants. Il était à Paris depuis une heure à peine. Et Félicité :

– Moi aussi.

Il n'y était jamais venu avant ce beau jour.

– Moi non plus.

Ils rirent ensemble et bavardèrent. Il était arrivé ce matin d'Allemagne, et il était américain. Il occupait un bout de Ruhr avec il ne savait combien de ses semblables militaires et commençait avec bonheur son premier jour de permission.

« Fringant, beau de figure et poilu du poitrail, comme disait le vieux qui contait des histoires. Il était ainsi, mon Jimmy. » Elle soupira profondément, sourit à ces images tendres, puis l'œil tout à coup rallumé : « Venez là, mes agneaux, que je vous le raconte. Je lui ai dit de vous des choses, je dois vous en dire de lui. Je ne veux rien garder pour moi, il m'importe de m'alléger avant de franchir la frontière. Je confie Jim à votre garde. S'il vous plaît, prenez soin de lui. Malgré le tour qu'il m'a joué, il ne mérite pas l'oubli. Mariez-le à mon fantôme, dans vos esprits, après ma mort, que nous soyons un peu ensemble, que je dorme encore avec lui. Comment parler de tout cela sans faire souffrir quelque chose, sans abîmer le souvenir ? Allons, je dis comme je peux, entendez comme vous voulez. Je n'aurais jamais cru si simple de me laisser déshabiller par un militaire inconnu dans une chambre d'hôtel borgne au linoléum fatigué. Je l'ai fait, mes enfants, et j'ai vécu cela comme un sacrement de mariage dans le palais de Cendrillon, à la fin, quand le jeune prince lui passe au doigt l'anneau nuptial, et que tout le monde est content. Je ne me croyais pas capable de courir au-devant d'un homme comme après mon cœur évadé, square des Innocents, à l'aube, sous un arc-en-ciel éphémère né des arroseurs de trottoir. Je n'imaginais pas possible de faire mille fois l'amour en m'éblouissant mille fois de nos jouissances mêlées, de ne voir dans les hôtels sales que la beauté de l'être aimé, de marcher au hasard des rues, la tête contre son épaule, sans que nous puissions dire un mot, faute d'avoir plus beau, plus vrai que le silence. Comment dire mieux, mes enfants ? J'ai vécu cela quinze jours.

Presque rien selon les horloges, presque tout de ma longue vie.

« Et puis il est parti. Il pleuvait. Il pleurait. Je parle du ciel, pas de Jim. Il m'a dit :

– Je viendrai te voir.

Il ne m'a même pas demandé mon adresse. Je lui ai répondu :

– Bien sûr.

Je lui ai souri, bravement. Je suis retournée au village. Triste ? Je n'avais pas le droit, je devais me tenir où l'amour m'avait mise, à la hauteur sacrée des couples immortels. Oui, j'avoue, j'étais exaltée. Je le suis toujours, malgré l'âge. Je suis tout de même restée longtemps à côté de ma tête, mais ce n'est pas là l'important, car l'histoire n'est pas finie. Rapprochez-vous, mes petits loups, et nettoyez-vous les oreilles. Vous voulez savoir ? Je vous dis.

« Un matin de douze juillet, anniversaire inoublié de ma chute en amour profond, qui vois-je à la sortie du bois, la main en l'air, le sac au dos et un grand rire à la figure ? Jimmy, le beau Jimmy, le poilu du poitrail. Blaise était là, il jardinait. Mon yankee ne s'en soucie pas, je lui cours dessus, bras ouverts, il m'étreint, il pétrit mes fesses, il me dévore le museau. Je l'entraîne dedans, je bafouille, je pleure, je parviens à articuler :

– Bandit, comment m'as-tu trouvée ?

Il me répond :

– Hé, tante Louise !

Je le défais de son gros sac sans cesser de mordre sa bouche, il s'empêtre dans mes dessous, je l'aide à m'en débarrasser. Je gémis :

– La porte est ouverte.

Justement, Blaise risque un œil, il craint que je n'aie besoin d'aide, il ne connaît pas le bonhomme, il se méfie des étrangers. Il demande si tout va bien, il voit que oui, ferme la porte et s'en retourne à son jardin. Jimmy grogne :

– Qui c'est, ce type ?

Je lui réponds, le souffle rauque :

– Blaise, c'est Blaise, oh, baise-moi.

Nous nous emportons dans la chambre en semant des fringues partout. Bref, malgré mon désir sournois de vous exciter, garnements, je ne vous dirai rien de nos émois lubriques. Contentez-vous donc de savoir que d'à peu près midi jusqu'à la pleine lune, le loup n'a cessé de péter, comme on dit, sur la pierre en bois. Vers minuit nous sommes sortis dîner tout nus sous le pommier. Blaise a eu le bon goût de fermer ses volets.

« Quinze jours de peau contre peau, d'oubli du monde, de mangeailles, d'improvisations débridées, de délicieuses saletés, d'ivrognerie, de bonheur brut. Me croirez-vous ? De quinze jours nous ne nous sommes pas lavés. Nous avons goûté nos odeurs en déclamant jusqu'à plus soif, entre deux sueurs érotiques, des vers de mystiques persans, des romans de boudoir chinois, des japonaiseries frivoles, les œuvres de sainte Thérèse aux extases aphrodisiaques et celles de Jean de la Croix perdu dans ses tunnels sans fond. Un matin, Jim est reparti. Il m'a dit :

– À l'année prochaine.

Cette fois, je n'ai pas douté. Il m'a écrasée contre lui, débraillé du col au nombril, son sac de scout sur une épaule, barbu, hirsute, il ressemblait à un bûcheron canadien. Blaise l'a ramené en gare de Narbonne dans une vieille bétaillère empruntée à je ne sais qui. Il est revenu dix-neuf fois pour quinze jours d'amour sauvage, libre de toute loi, de toutes convenances, d'amour sans passé, sans futur, offert corps et âme, absolu. Au vingtième douze juillet, le chemin est resté désert. Je suis allée jusqu'au village et même au-delà, sur la route, en espérant à tout moment le voir paraître au bout des arbres, mais non, voilà, c'était fini. Je ne me suis pas résignée. Il ne m'avait jamais rien dit de sa vie dans son Amérique. J'ai voulu savoir. J'ai cherché. J'ai appris qu'il était sénateur du Vermont, marié, quatre enfants, respecté, richissime. Je me suis dit qu'il était mort, sinon il serait revenu. Vérifier ? Oui, j'aurais pu, mais je n'ai pas eu le courage.

« Constance, Édouard, Clément, vous êtes toujours là ? Eh non, ils sont partis, tant mieux. Mon Blaise ne va pas tarder avec son sac à provisions et le nez du journal qui dépasse du reste. Il me lit les titres, parfois, j'entends passer les bruits du monde. Il sera sans doute surpris de me trouver encore au lit. Je ferai la vieille geignarde, je lui dirai : “J’ai un peu froid, j’aimerais que tu me cajoles.” Il n’osera pas, pauvre Blaise, mais je saurai bien l’obliger. Il a quelque chose d’infirme : il n’a jamais su dire non. Il se couchera près de moi. Je respirerai son odeur, il sent la bonne terre humide. Nous parlerons peut-être un peu, j’attendrai que sonne midi, le vent souffle du bon côté, il me porte toutes les heures. Au douzième coup, la seringue, la mort-aux-rats plantée d’un coup, et youp-là, le tour est joui, comme disait mon sénateur. »

Le dehors, tout à coup, lui attrapa l’oreille. Coup d’œil de renarde à l’affût. Bruissements simples, familiers.

« Mon Dieu, je les entends pour la dernière fois », se dit-elle, et son cœur un instant s’emballa. Grincements du vélo tombé contre le mur de la remise. Charivari de vieille porte. Gros godillots traînards, en bas, dans la cuisine. Dans la chambre, un courant d’air frais. Félicité :

– Blaise, c’est toi ?

Et l’autre, s’affairant à ranger ses achats :

– Non, c’est le pape. Où êtes-vous ?

La voix plaintive, en haut :

– Monte, je suis couchée.

Grondement de godasses escaladant les marches. Blaise, au seuil de la chambre, hésitant à entrer :

– Mille dieux, vous êtes malade ?

Il ôta son chapeau, vaguement effaré, les sourcils en bataille. Elle lui tendit une main lasse.

– Enlève ta veste. Viens là.

Il s'approcha du lit, observa sa figure, lui vit des cernes sous les yeux, se balança d'un pied sur l'autre, parut réfléchir, l'air buté, puis renfonçant son galurin sur sa débordante tignasse :

– Ne bougez pas, Félicité, je vais vous chercher le docteur.

Il visa la porte et fonça. Il n'atteignit pas le palier.

– J'ai dit : viens là, bougre de bœuf !

Il fit halte et se retourna. Ce n'était pas la voix d'une prochaine morte qui venait de le clouer là. Félicité, à l'évidence, était on ne peut plus présente. Elle n'avait rien perdu, sous son édredon rouge, de son increvable vigueur. Il s'en revint à son chevet. Elle lui sourit, et caressant, du bout des doigts, sa joue râpeuse :

– Blaise, fais ce que je te dis. Tu n'imagines pas à quel point il m'importe que tu te couches auprès de moi. Mon oreiller sent la lavande, viens, je t'en prête la moitié.

Et l'œil noir, faussement grondeuse :

– Tu m'aimes, non ? Eh bien prouve-le, sacrénom !

Il regarda à droite, à gauche, comme un qui cherche par où fuir, renonça, gémit, lamentable :

– Me coucher près de vous, pourquoi pas, c'est aimable, mais je vais vous salir les draps, mon pantalon est tout boueux.

– Eh bien ôte-le, bougre d'âne !

Et reprenant sa mine tendre, son sourire de vieille femme, un peu lointain, mais lumineux :

– Fais-moi confiance, mon petit. À midi tu comprendras tout, et tu seras content, j'espère, du grand bien que tu m'auras fait.

Il risqua, avant de céder :

– Félicité, vous êtes sûre qu'il ne serait pas plus prudent que j'aille consulter au moins la pharmacienne ?

Elle ne répondit pas. Elle lui ôta sa veste. Il se défit, bougon, de ses gros godillots. Elle lui ouvrit le drap, il s'allongea près d'elle.

– Et maintenant, serre-moi fort. Mets ton genou entre mes cuisses. Oh, que tu sens bon le jardin !

Et dans un soupir d'abandon :

– Que dit le journal aujourd'hui ?

– Comme d'habitude, des guerres, du football, des assassinats. J'aimerais vous baiser les lèvres.

– Tais-toi, mon Blaise, tu l'ignores, mais ici même, dans ce lit, cent fois avant de m'endormir, il est temps que je te le dise, je me suis vautrée avec toi dans de sacrées orgies romaines. Aujourd'hui, repos, restons chastes, sinon j'ai peur de m'oublier. Je me comprends. Tais-toi, écoute.

Tintement de cloche rurale assourdi par le bruit du vent. Les yeux perdus parmi les nuages passants :

– Quelle heure est-il, Blaise ?

– Midi.

Elle tendit la main droite à la table de nuit, palpa à tâtons son cahier puis, devant la photo de son soldat yankee au sourire perpétuel, la seringue de mort-aux-rats. Elle la saisit, la serra fort, l'amena droit à son bras gauche et se retint de respirer. Elle pensa fort (c'était idiot) : « À cœur vaillant, rien d'impossible. » Derniers mots, adieu, c'est fini. Elle enfonça d'un coup l'aiguille comme on pique un rôti d'agneau.

Blaise eut un spasme épouvantable, un râle bref, quoique violent, deux ou trois sursauts ridicules, s'affaissa et ne bougea plus. Félicité bondit debout, les yeux plus grands que la figure, les mains ne sachant où aller, considéra sans rien toucher la manche droite du bonhomme et l'arme fatale plantée. Elle avait frappé le bras droit qui lui descendait de l'épaule. Erreur, ce n'était pas le sien.

2

Dans ce genre de situation, que l'on hurle ou qu'on reste bête, il est clair que le choc fait mal. Sous notre ciel soudain brûlant, l'usine à mots tombe en ferraille, bombardée par l'événement, et l'on se conduit à peu près comme un fuyard épouvanté qui prend le diable en pleine tronche au seuil de l'issue de secours. Ou alors, s'il nous reste un rien de folie douce, on se pose sur les gravats en espérant, à droite, à gauche, entendre sonner le réveil. Félicité n'étant pas femme à brailler pour une souris, elle pencha naturellement vers l'accablement hébété. Elle se laissa tomber en vrac sur les ressorts d'un vieux fauteuil opportunément secourable (elle aurait pu s'asseoir plus bas s'il ne s'était pas trouvé là) et les deux bras abandonnés de part et d'autre de son siège laissa aller un « Alors là ! » abasourdi mais convaincu. Trois fois, pour être exact, ces mots époustouflés sortirent de sa bouche, une première fois articulés à peine, une autre audibles mais grinçants comme une porte au vent mauvais, une troisième enfin rageusement rugis à la face de Dieu, à moins que ce ne soit à celle de son Blaise qui venait, le bandit, de lui voler sa mort. Cette fois son propos fut nettement moins bref :

– Alors là, je dis non. Je refuse. Voilà. Et ce n'est pas négociable.

Ce dernier mot, quoique incongru (puisque personne, dans la chambre, ne songeait à négocier), ranima son esprit guerrier.

La colère, on le sait, éteint le désespoir aussi sûrement que la gifle ravigote un évanoui. Un torrent régénérateur de jurons ancestraux, d'accusations fumeuses et de bégaiements révoltés l'empourpra vivement des oreilles au menton. Elle s'en trouva sinon calmée, du moins quelque peu revenue aux réalités du bas monde. Elle retrouva l'usage oublié de ses mains qui saisirent les accoudoirs pour s'aider à s'élancer droite. Elle en eut un léger vertige, mais tant bien que mal se dressa. Tandis que ses pieds l'amenaient parmi les rayons de soleil qui jouaient avec le parquet, lui revinrent de-ci delà quelques bouts d'idées sinistrées semblables à des reliefs de vie abandonnés par la tempête. « Imagine un miroir honnête et regarde-toi dans les yeux. Tu l'as tué ou non ? Tu l'as. Oublie Dieu, il s'en fout. Assume, se dit-elle. Une institutrice en prison, ça va faire du bruit. Titres des journaux, page une : "Overdose au hameau", "La seringue tragique", "Les amours pimentées de chnouf d'une vieille et d'un galopin". Je les connais.

Évidemment, tout de suite l'allusion basse, le sous-entendu sexuel. Abject. Répugnant. Impoli, j'ose le mot, même s'il vexe. Photographes locaux ou non, vous pourrez flasher ma figure. Malgré les menottes aux poignets, vous me trouverez tête haute et l'œil loin au-dessus des fronts. "Élégance et droiture jusqu'à la sépulture", comme disait grand-mère Ida. » Elle se moucha soigneusement, puis redescendant d'un étage : « Droiture, j'essaierai, je ne garantis rien, j'aurai du mal avec mon dos, mes reins ne tiendront pas. Misère ! » Elle eut un regard rancunier à la tête grisâtre du mort sur l'oreiller. Ses yeux étaient restés ouverts, ils semblaient contempler Jimmy et son sourire américain.

– Tu te rends compte, lui dit-elle, dans quel pétrin tu m'as fourrée ?

Elle en eut un retour de rage interrompu en plein essor.

Petit trot d'âne dans la cour. Une voix grêle, en bas :

– Hé, Blaise !

« Holà, se dit Félicité, si je ne réponds pas, il monte. » Elle ouvrit la fenêtre, repoussa le volet. C'était bien Siméon, le lascar des forêts (il s'était ainsi baptisé, par fanfaronnade candide), Siméon, l'homme des sous-bois, toujours vêtu de même crasse, solitaire et content de tout. « Moi, bûcheron ? disait-il. Non. Je suis boisier, ça fait plus riche. » Bref, il vivait de branches mortes, de cèpes offerts, parfois vendus, et de sacs de bûches fendues. Pour l'heure il était là, devant la porte ouverte, assis sur son baudet, les deux pieds du même côté, le front levé, illuminé comme un bienheureux en visite.

– Je cherche Blaise. Il n'est pas là ?

Elle s'entendit répondre ces mots incontrôlés :

– Il est parti, hop, envolé, à Paris, je crois, ou Toulouse, peut-être plus loin, va savoir avec ces sortes de roublards.

Elle ricana péniblement en agitant ses mains au large. L'autre, soudain épouvanté :

– À Paris ? Il est fou ! Tout seul, il va se perdre !

– Il est déjà perdu, il va se marier.

Il arrive que le cerveau cherche ses clés dans les ténèbres, tandis que du gosier sortent des chapelets de paroles écervelées comme des cabris évadés. Elle pensa sottement : « Freine, Félicité, tu cours au platane fatal ! » Quand elle s'interpellait, ce qui n'était pas rare, elle évitait « Félicité », elle trouvait son prénom trop fade, elle aurait préféré Rita. Qu'elle se désigne en toutes lettres était un symptôme alarmant. Elle nageait en plein désarroi. Elle poursuivit pourtant avec la même hâte sur sa périlleuse lancée.

– Quelqu'un a répondu à sa petite annonce, une fille de Carcassonne, elle habite rue de Clichy, à Paris, elle s'appelle Louise. Il est allé voir de plus près.

– Marié, Blaise ? Oh le coquin ! Oh le rouge-gorge d'Espagne !

Pourquoi rouge-gorge ? Mystère. Siméon avait de ces mots surgis de ses forêts intimes comme des arbres en pleine mer. « Il me croit. Il croit tout, pensa Félicité,

Dieu merci, c'est un homme simple. Je lui dirais : "Ton âne est mort", il le pleurerait tout de suite sans penser un instant qu'il est assis dessus. » Elle s'en trouva rassérénée.

– Tout de même, dit le bonhomme, il aurait pu me prévenir.

Il hocha sa tête pensive, puis à nouveau s'illuminant :

– Il va s'installer à la ville, ou ramener sa fleur chez nous ?

Félicité haussa vaguement les épaules. Une brusque bouffée de chagrin l'envahit. Elle répondit, la voix tremblante :

– Ne l'attendons plus, Siméon.

– Vous êtes triste. Moi aussi. Eh, c'est normal, mais soyons sages. S'il est heureux, vive Paris !

Elle lui sourit petitement, et s'enveloppant dans son châle :

– Il faudra que j'aille au village.

– Mon âne vous y conduira. Je vais fagoter du vieux chêne, ça me dégourdira les bras. Sifflez-moi quand vous serez prête.

– Tout à l'heure, ou demain matin. Il me faut faire un grand ménage.

Elle dit encore, à voix menue :

– Faut bien garder la maison propre. Que faire d'autre, maintenant ?

Elle ferma la fenêtre et s'en revint dedans.

Elle était lasse infiniment mais avait retrouvé sa tête. Elle s'assit au chevet du mort.

– Mon pauvre petit, lui dit-elle, je ne peux pas te garder là, ce ne serait pas convenable, et déjà qu'à ton ordinaire ton odeur tient plus du purin que de la compote de fraises, la nature étant ce qu'elle est, nous allons à l'irrespirable. Bref, je dois prévenir Paula. Je sais bien, vous êtes fâchés, mais tout de même, c'est ta sœur. Et le maire aussi, ce jean-foutre, ce garnement municipal qui gravait de gros sexes à couilles sur son pupitre, au couteau suisse, va falloir que je lui avoue, et crois-moi, Blaise, ça me pèse.

Un rayon de soleil errant vint se poser sur son visage. Elle s'en trouva incommodée. Elle se redressa, gémissante, s'en alla tirer le rideau. Dans la pénombre revenue :

– Félicité, qui vous oblige à vous embouteiller les sangs avec ces « faut que » dérisoires ?

Elle s'arrêta, un pied en l'air.

Cette voix, cet accent, cette vague ironie, ces grondements de gorge lente. Félicité, pétrifiée, n'eut d'abord qu'un cri de chiot. Elle parvint à articuler :

– Blaise, c'est toi ? Tu n'es pas mort ?

C'était peu, et pourtant elle en perdit le souffle. Pas de réponse, mais qu'importe. Son couinement enfla d'un coup, elle poussa un rugissement inimaginable à son âge, et les mains lancées en avant comme pour rattraper ses yeux elle plongea sur le corps défunt, battit ses joues à petits coups, souffla sur ses grosses mains raides, écarquilla ses yeux du pouce et de l'index, consulta sa bouche entrouverte, ses gencives, ses dents jaunies. La voix, près d'elle :

– Hou, comme elle m'aime ! Hou, l'ogresse, comme elle me veut !

– Blaise, cesse de faire l'âne. Tu es ventriloque. C'est ça ? Tu arrêtes ou je te strangule. Je te préviens, je ne ris plus !

– Je ne suis pas dans ma carcasse, cessez donc de la tripoter.

– Mais où es-tu ?

– Là, à côté.

Une dernière fois, pour être vraiment sûre, elle gifla les deux joues bleuies. Le mort resta imperturbable et plus renfrogné que jamais.

Elle risqua un œil en arrière comme si quelqu'un était là, penché à son côté sur le plus que malade. La voix, tout près :

– Vous me voyez ?

Elle haussa une épaule et chassa de sa joue une poussière inexistante.

– Non, bien sûr, vous ne pouvez pas, j'ai tout laissé dans votre lit. Mais je parle, et vous répondez. J'en crois d'autant moins mes oreilles que je ne sais plus où elles sont. J'essaie de les palper mais je n'ai plus de mains, et je ne sais plus bien où j'ai rangé ma tête. C'est curieux comme sensation. Va falloir que je m'habitue.

Elle se redressa, se raidit, et le regard à l'infini : « Mon Dieu, se dit-elle, ça y est. J'entends des voix, moi, une athée, maîtresse d'école laïque et militante respectée. Mon cerveau divague, il renonce, il s'affaisse, il se fout de moi. Le choc, bien sûr. Le contrecoup. Tuer son ami le plus proche est une épreuve délicate, l'âme a du mal à l'accepter, alors voilà, bien sûr, elle s'invente un fantôme, un faux Blaise, faute du vrai. Je l'imite bien, tout de même. Son accent de garrigue chaude, son grasseyement caverneux, c'est tout lui, on s'y tromperait. Au moins, dans l'état où je suis, je ne risque plus que l'asile. J'aurais préféré la prison. Là, au moins, on trouve des jeunes. Même voleurs, même assassins, ils sont tout de même moins morts que des vieillards assis en scrabble dans leurs couvents de retraités. »

Un rire lui tourna autour comme une danse juvénile. Félicité, abasourdie, lui tendit une main errante, puis la voix de Blaise, à nouveau, chantonnante, rieuse, légère, débridée :

– Plus d'œil à droite ni à gauche, plus de bouche ouverte ou fermée, et pourtant je parle, je vois. Plus d'oreilles et pourtant cette abeille égarée qui bourdonne dans les cheveux de cette horreur qui me ressemble, je l'entends aussi bien que vous. Je ne m'étais jamais regardé du dehors. C'est terrible. Je me fais peur. Bref, Dieu merci, j'en suis sorti. Je suis mort et pourtant plus vivant que jamais. Je sais, c'est difficile à croire, mais c'est tout simple, en vérité, c'est beau comme un soleil levant. Je ne pèse plus rien, je vole, je vous effleure, je vous flaire, je vous baise le bout du nez. Où allez-vous, Félicité ?

– Me passer la tête sous l'eau.

Et bougonnant, pour elle seule :

– Ne lui réponds pas, tu l'excites. Ce n'est qu'un mirage vocal. Tu regardes ailleurs. Tu méprises.

– Croyez-moi, je vous en supplie, je suis Blaise, fils de Marie, frère de Paula, la bistrote, grande bringue et cœur de fourmi. Vous me connaissez, tout de même ! Vous ne me voyez pas ? C'est sûr ?

Soupir excédé dans l'air vide, long silence désincarné, un semblant de gémissement, puis la voix soudain claironnante :

– Je peux vous apporter la preuve qui vous fera tomber de cul !

Félicité s'assit sur la veste du mort jetée dans le fauteuil à la tête du lit.

Un brin de pensée l'effleura : « Et si la vie était plus vaste et plus étrange que je ne peux l'imaginer ? » Minuscule lueur d'espoir dans ses ténèbres turbulentes, un rien, un lumignon craintif. Elle dit :

– J'aimerais bien voir ça.

Elle ricana sans conviction. Voix de bonimenteur assuré du triomphe :

– Ce matin, comme chaque jour, je suis allé faire des courses, à cheval sur mon vieux vélo. Puisque l'occasion m'est donnée, je vous rappelle, chère amie, que vous me promettez depuis quelques Noëls de m'offrir un vélomoteur. L'année passée, souvenez-vous, je n'ai eu qu'un cadeau utile genre pull-over tricoté. Il me tombait presque aux genoux, je n'ai jamais osé le mettre. Peu importe, c'est pardonné.

– Abrège, Blaise, par pitié, je sens la moutarde qui monte.

– Vous avez prononcé mon nom. Vous m'aimez, merci, j'étais sûr. Vous affirmez mon existence. Vous me faites du bien partout. Donc, je pédale. Il fait frisquet. Départ : huit heures et quelques. Arrivée : on s'en fout. Au marché, pas grand monde, il est encore tôt. J'achète ce qu'il faut, vous avez fait la liste, je vais boire un coup chez Paula. Elle me fait payer, la punaise, moi, son frère. Bref, je repars. Comme je quitte le marché, quelque chose m'attire l'œil. Un étalage peint en vert avec des guirlandes en couleurs, accrochées au bord de la toile, et là, parmi des tas d'oranges, une corbeille d'ananas. Pouviez-vous savoir, oui ou non, que l'idée me viendrait de vous en offrir un ? Je l'ai fait, il est au frigo, dans un bac du conservatoire, comme dit Siméon, notre lascar des bois. Réfléchissez, Félicité. Si je loge dans votre crâne et nulle part ailleurs que là, vous ne pouvez savoir cela. Si vous trouvez mon ananas où j'ai dit, entre les poireaux et le reste de camembert, c'est que votre Blaise vous parle, que vous entendez ce qu'il dit, que sa voix est celle de l'homme que vous venez de trucider et non celle d'une trompette quelque part dans votre cerveau.

Elle se dressa, elle se rassit, elle se tapota le menton, signe de réflexion profonde, puis l'œil finaud elle dit au mort :

– Tu me parles, admettons. Très bien. C'est un jour nouveau qui commence. Mais si pas d'ananas dans cette caisse à froid, c'est la guerre, je te préviens.

Elle trotta vers la porte ouverte. Sur le seuil, elle se retourna. Le volet grinça mollement. À la pénombre de la chambre trouée par un trait de soleil, elle lança ces mots fatigués :

– Tu me suis ou tu vas devant ?

La voix, en bas, dans la cuisine :

– Je suis déjà où vous savez. Prenez garde, les marches glissent, n'allez pas vous casser un os.

Elle empoigna la rampe, elle descendit sans hâte en râlant contre ses genoux. Le frigo ronronna comme une bête heureuse, tandis qu'elle s'approchait de lui. La voix, derrière elle, joyeuse :

– Ouvrez, Félicité ! Que la lumière soit !

Elle entrouvrit la porte blanche. Illumination des poireaux, du pot de soupe, du fromage et de la bouteille de lait. Au milieu d'eux trônant, superbe, le graal promis. L'ananas. Elle lui dit, à petite voix :

– Eh bien, je ne suis pas malade. Merci, docteur.

Elle lui sourit, caressa l'écorce revêche, se servit un verre de vin. Elle en perdit, tant elle tremblait, la moitié sur son coin de table. Elle le posa, s'assit en face et le regardant sans rien boire :

– Finalement, c'est bien ce que je pressentais. Mourir, c'est sortir de prison.

Et Blaise, jubilant :

– C'est exactement ça ! Vous parlez comme un de ces livres que l'on ne trouve que chez vous. Normal, vous êtes institutrice. Premier cachot, le corps. Il s'ouvre. Tu t'envoles.

La voix, jusque-là, était proche. Elle parut tomber du plafond, puis gambadant de-ci de-là :

– Adieu le mal de dos, les pesanteurs de viande, la colique dans l'autobus, les grincements articulaires, adieu les lois du monde et les « tous à genoux », les « tu dois », les « tais-toi », les « je te tiens à l'œil », les « c'est pas convenable », ces clés qui ferment l'âme et la gardent affalée dans l'ombre de nos crânes. Tu crois que tu meurs, fils de rien ? Mais non, tu vis enfin, ce sont les murs qui tombent !

– Du calme, Blaise, ne crie pas, Siméon va t'entendre, et s'il vient, par malheur, je lui raconte quoi ?

– Dites-lui, ça l'amusera, ce que votre envoyé spécial découvre au pays des sans-corps. Regardez-moi quand je vous parle, je suis sur le réchaud à gaz. Sacré nom d'un chien andalou, ne me cherchez pas au jardin !

La voix grimpa soudain d'un tas de décibels :

– Cher auditeur, chère auditrice, les ministres du Tout-Puissant nous traitent depuis deux mille ans comme des moutons anémiques. Les seuls vrais morts-vivants c'est eux, et je vous en donne la preuve : ils n'ont d'amour que pour la croix. Ils la vénèrent. Ils l'idolâtrent. Il y a tout de même de quoi s'en laisser tomber le menton ! A-t-on idée de s'aplatir devant l'instrument de torture qui a tué celui qui nous voulait du bien ? Ils ont trafiqué sa parole, ils n'ont jamais fait que nourrir la peur que nous avions de vivre, je le sais bien, moi, maintenant. De mon balcon je ne vois rien de ce qu'ils promettent à tout-va, ni châtiment, ni récompense, ni tribunal correctionnel, ni pesée des âmes tordues sur la balance fatidique du père Dieu, cet épicier. Je ne devrais pas dire ça ? Je suis saoul ? Oui, de liberté. De mots aussi. Ils sortent seuls et personne ne les entend, je peux donc vadrouiller tranquille, sans peur, sans mal, sans rien. Hors d'âge. Si j'avais su cela au temps où j'étais soi-disant vivant, je me serais senti sacrément plus léger, et j'aurais, pour sûr, évité d'ajouter ma graine de trouille au tremblement universel. Riez donc, moquez-vous, hé, je découvre, moi !

Félicité, soudain debout :

– Une voiture. Plus un mot. Va dormir, Blaise, c'est Clément.

Elle franchit le seuil, trottinante, tout sourire, les mains en l'air. Elle pensa : « Manquait plus que lui. Et l'autre qui me tourneboule avec ses discours pétardiers. Il n'a jamais autant parlé que depuis qu'il est mort, le bougre. » Clément, portière ouverte, encore assis, un pied dehors :

– Félicité ? Bon sang de Dieu ! Vous n'êtes pas morte, ou je rêve ?

Elle entendit ces mots faussement enjoués s'envoler de sa bouche :

– Je ne t'attendais pas si tôt. Tu es le premier. Entre donc. Pas trop de trafic sur la route ?

Il s'avança d'un pas, resta les bras ballants. Elle vint à lui, baisa ses joues. Il se laissa faire, ébahi. Elle vit des fleurs sur la banquette. Elle s'efforça de minauder. De fait, elle se sentait flottante comme une feuille de novembre entre sa branche et le ruisseau. Elle risqua :

– Oh, le beau bouquet !

Clément lui répondit à voix de cave obscure :

– C'était pour votre enterrement.

Félicité leva le front, et le regardant droit aux yeux, enfin prête à l'aveu funèbre :

– Je vais t'expliquer, mon petit.

Elle le prit par la main, elle l'entraîna dedans. Il se posa sur une chaise et s'efforça d'être attentif, malgré son désarroi massif. Elle poussa devant lui son verre à moitié plein, prit place en face, s'accouda, et s'efforçant de parler clair malgré quelques difficultés à dire ces mots pourtant simples :

– J'ai voulu mourir, tu le sais. Sur ce point, ma lettre était claire. J'avais préparé la seringue, la mort-aux-rats, tout comme il faut, et crois-moi ou ne me crois pas, voilà que je rate mon bras.

Clément s'épanouit, son regard pétilla. « Il n'est pas mollasson, pensa Félicité, il est gentil, c'est différent. Je ne dirais pas qu'il est beau, mais il a du charme, il rassure, et son début de calvitie va plutôt bien à sa figure. Il faudra que je vérifie s'il a remonté ses chaussettes. Je parie pour l'accordéon. » Il soupira profond, il rit un peu, il dit :

– Quelle magnifique nouvelle !

Il remua la tête, encore éberlué.

– Vous m'avez fait beaucoup de peine. Je n'ai pas dormi de la nuit.

– C'est normal, tu es insomniaque.

– Je vous ai écrit une lettre d'une vingtaine de feuillets. Je ne vous la ferai pas lire, vous vous moqueriez, j'en suis sûr.

Elle lui sourit si tendrement qu'il rougit et se détourna.

– Va donc me chercher ton bouquet.

Il obéit, enfin joyeux. Coup d'œil sur son dos de costume. Veste froissée, poches trop lourdes, chaussettes bleues sur les talons. Elle pensa, l'œil luisant : « Gagné ! » Elle emplit un vase à l'évier, accueillit ses vingt roses blanches. Tandis qu'elle les plantait dans l'eau :

– Donc, dit-elle, la gorge sèche, la seringue a raté mon bras. Mais elle s'est enfoncée ailleurs. Dans une autre viande, à vrai dire.

– Je ne comprends pas, dit Clément.

Il fronça les sourcils comme font les docteurs devant un symptôme bizarre.

La mine de Félicité semblait fautive, mais pas trop. Il ne s'inquiéta donc qu'à peine. Elle essuya ses mains sans hâte, prit le temps de poser le vase et son bouquet au milieu de la table, se rassit sagement, puis du ton mal joué de la conversation banale :

– Dans le bras de Blaise, bien sûr. Qui d'autre habite le hameau ?

Clément ouvrit la bouche. Aucun son n'en sortit. Félicité emplit son verre. Elle lui dit :

– Bois.

Il balbutia :

– Blaise ? Vous voulez dire : Blaise ?

Elle bougea d'une fesse à l'autre, agita vaguement les mains.

– Il s'en revenait du village, il était un peu fatigué, je l'ai invité dans mon lit, mais n'imagine pas des choses, ce n'était que simple amitié. Écoute, Clément, tu me gênes à me regarder comme ça.

– Où est-il ?

– Là-haut, dans ma chambre.

Il se dressa si sec que sa chaise en tomba rudement sur le dos. Il la laissa à la renverse. Il escalada l'escalier. Bruit de pas sonores, là-haut. Elle écouta, les yeux craintifs, imagina ses deux chéris, le vivant penché sur le mort. Lui vint une larme. Elle pensa : « S'il pouvait le ressusciter ! » Elle osa un instant imaginer le film. La voix de Blaise, à son oreille :

– Il m'examine, il est perplexe, il se gratte le bout du nez. Je n'aime pas les médecins. Même mort, c'est plus fort que moi, j'ai peur qu'il me trouve malade.

Elle remit en place une rose, façon de se calmer les nerfs.

Nouveau grincement de parquet. Chaussures noires en haut des marches, puis le docteur qui va avec. Au bout des doigts tendus devant, dans une sorte de mouchoir pris dans la poche du défunt, la seringue, la goutte au nez et l'intérieur aux trois quarts plein. Il s'en fut la vider dehors, revint, ferma la porte à clé de peur que leur secret s'évade, et le menton dans la main droite il se mit méthodiquement à tourner autour de la table. Elle le laissa à son silence, puis :

– Clément, je n'ai pas tout dit.

Il fit halte, leva le front.

– Vous avez tué quelqu'un d'autre ?

Elle s'offusqua :

– Mais non, voyons. Tu me prends pour qui ? C'est moins grave. Pose-toi et finis ton vin.

Elle s'assit, il resta debout, prêt à tout sauf à boire un verre.

– Réfléchissons, dit-il en fixant sans le voir le buffet aux vieilles faïences. Nous ne pouvons courir le risque d'une possible arrestation, d'autant que c'est un accident. Mais allez expliquer cela à des robes de cour d'assises. Il faut que le corps disparaisse. Le tout est de savoir comment.

Félicité, primesautière :

– Je propose qu'on lui demande s'il est prêt à collaborer. À mon idée, il le sera.

– Que l'on demande à qui ?

– À Blaise, évidemment.

Elle eut un haussement d'épaules qui semblait dire : « Pourquoi non ? »

Clément, soudain muet, vint s'asseoir tout près d'elle, prit son poignet, palpa son pouls, le trouva presque régulier. Il pensa : « N'empêche, elle divague. Elle me fait un galop de bouffée délirante. » Il tapota sa main et dit à voix félée :

– Vous avez besoin de repos. Après une épreuve pareille, il est normal que vos neurones aient du mal à pédaler droit. Il n'y a pas de quoi s'alarmer. D'ailleurs voyez, je suis tranquille, confiant, serein. Tout va bien.

Il avait l'air catastrophé. Elle lui sourit.

– Allons, dit-elle, pas de faux-fuyants entre nous. Tu pressens la fugue sénile. Je l'ai vue venir, moi aussi. Je me suis dit : « Ma pauvre fille, tu as un bruit dans le moteur. Au prochain feu, c'est sûr, tu cales. » Heureusement, j'ai eu la preuve que j'allais aussi bien que toi. C'est Blaise qui me l'a donnée le plus paisiblement du monde. Il m'a offert devine quoi ?

Son visage s'illumina. L'autre resta la bouche ouverte, les sourcils en toit de maison. Elle dit enfin :

– Un ananas.

Pour Clément, le choc fut sévère. Sa tête remua trois fois de haut en bas tandis qu'il répétait en écho misérable, le souffle las :

– Un ananas.

Félicité le vit si rudement atteint qu'il lui parut soudain urgent de rembobiner la pelote et d'user de pédagogie.

– Attends, dit-elle, je t'explique, je suis peut-être allée un peu vite. Pardon. Tout de même, Clément, je t'ai connu plus vif. Calme-toi, tu vas tout comprendre.

Elle lui conta par le menu l'expérience décisive, ouvrit grand le frigo, désigna le dedans. Il l'écouta, monolithique comme une statue de penseur. Elle dit enfin, au bout de son speech triomphal :

– J'ai dû me rendre à l'évidence, Blaise me parle, je l'entends, c'est lui, indiscutablement, ses fautes de français, sa voix de basse grasse, sa façon de traîner les mots comme s'il tirait la brouette. Je dois dire, pour être honnête, que la mort l'a beaucoup changé. Il tient maintenant des discours d'une hauteur inaccessible au quotient intellectuel que je lui ai toujours connu. Je ne voudrais pas le vexer (comprends, Blaise, si tu m'entends), mais parlons simplement : il a toujours été un peu mou de la coiffe, balourd, taiseux comme un caillou. Eh bien là, vraiment, il m'épate. Il parle comme un professeur dont les bretelles auraient lâché. Il tourne anarchiste mystique. Il se découvre nu, il voit le monde fou et s'émerveille d'être en vie.

– Et vous êtes seule à l'entendre, dit Clément. C'est assez courant, mais en l'état de nos recherches, cela demeure inexpliqué.

Il avait l'air content de lui. Plus la moindre buée d'inquiétude dans l'œil. Ce fut Félicité qui sentit, cette fois, passer l'ombre d'un doute. Le sourire du médecin eut tôt fait de la rassurer. Il était franc, cordial, limpide. Elle en fut tant émue que sa bouche trembla. Elle dit, ébahie :

– Il me croit. Il a compris. Alléluia.

Il prit ses mains, il les baisa, puis, rayonnant, ouvrit les bras.

– Si j'osais, lui dit-il, je vous embrasserais. Cet incontrôlable arlequin que l'on appelle le hasard semble prendre un plaisir joliment innocent à m'asseoir dans mes convictions. J'en suis surpris, émerveillé, je me retiens mais je déborde. Souvenez-vous, l'été dernier, lors de ma dernière visite, vous m'avez trouvé fatigué.

– Oh, je m'en suis fait, du souci ! Tes yeux étaient cernés de tant de beurre noir qu'on aurait pu s'en faire un goûter de tartines. Ils te tombaient de la figure. J'ai pensé : « Il fait des folies. »

– De fait, j'occupais mes nuits blanches à travailler comme un forçat à ma thèse de doctorat. Je l'ai soutenue à Toulouse le trente novembre dernier. Le jury m'a gratifié d'une mention très honorable et de ses félicitations.

– C'est normal, dit Félicité en se rengorgeant comme un paon. Depuis le cours préparatoire, tu as toujours été premier.

Il chassa devant son visage une mouche qui n'y était pas.

– Ne nous attardons pas à ces petites choses. L'important est la découverte que j'ai longuement détaillée devant ma dizaine de juges a priori mal embouchés. Six cent quatre-vingt-quatre pages de témoignages, d'arguments et de démonstrations têtues comme l'âne de Siméon. Ne respirez plus, je raconte.

Il vida son verre de vin, s'essuya le menton du revers de la main, et les coudes plantés sur la toile cirée :

– Imaginez un Toulousain hospitalisé de la veille. C'est ce qui me vient, un matin, dans la salle d'opération. Je fais, comme à l'accoutumée, mes dosages d'anesthésiques. Le voilà parti. Il s'endort. Intervention simple, banale, tranquille comme au fil de l'eau. Le lendemain, je rends visite à mon bonhomme un peu pâlot, et voilà qu'il me prend la manche. Il est inquiet. Non pas pour son ventre cousu mais par un rêve qu'il a fait pendant qu'on chahutait sa viande. « Un rêve, me dit-il, oui et non. Plutôt non. » Je le pousse à parler plus loin. Et voilà qu'il m'avoue comme au confessionnal qu'il s'est vu sortir de son corps au cours de son sommeil chimique, qu'il a un moment observé le chirurgien penché sur lui et entendu deux infirmières bavarder à mots assez crus de leurs déceptions érotiques, ce qui l'a beaucoup amusé. « Après quoi, me dit-il gêné, je suis parti en baguenaude dans les couloirs de l'hôpital. J'en suis revenu, il me semble, alors que je me réveillais. » Sur l'instant, je doute. Impossible. Mon homme a dû se promener dans ces labyrinthes mentaux où se fabriquent les fantômes. Cela me semble aller de soi. Pourtant, allez savoir pourquoi, je ne suis pas certain d'être tout à fait sûr. Quelque chose grince. J'hésite. Je me décide, un peu honteux. Je me dis que je perds mon temps, mais à tout hasard je questionne. La conversation des deux filles ? Elles rient jaune, mais elles avouent. Les gens croisés dans le couloir, les mots saisis entre deux portes ? Tout, en détail, est confirmé. Le gars s'est vraiment promené pendant qu'on lui ouvrait le ventre. Bref, je résume. Après ce jour, cinq ans de vérifications, de carnets gribouillés et d'enquêtes précises. Conclusion : on a tort de croire que le cerveau gouverne tout. La conscience est indépendante du corps qu'elle habite un moment, et son destin n'est pas celui de la carcasse qui l'héberge.

Félicité hocha la tête, et toute tendre, fière aussi :

– Tu as bien parlé, mon petit, et tu as agi mieux encore.

Puis l'œil fixe soudain comme si elle guettait une voix de radio :

– Blaise, dis, tu as entendu ?

– Je me suis endormi, lui répondit le mort. Il ne m'a rien appris de neuf. Sans me vanter, j'ai maintenant un savoir, une expérience que monsieur le docteur n'a pas. Mais lui, c'est taisez-vous-il-parle. Alors vous l'avez écouté, la bouche ouverte et l'œil mouillé comme s'il n'était rien de moins que votre chanteur préféré. Moi, je constate simplement que je vous ai dit tout pareil, et que sans l'ananas vous en seriez encore à m'estimer inexistant. Évidemment, votre petit, c'est saint Clément l'Évangéliste, et moi je ne suis rien qu'un bouseux de hameau qui bichonne vos roses et qui pue le fumier. D'accord, je me tais, il vaut mieux.

Félicité, soudain sévère :

– Enfin, Blaise, un peu de tenue. Me faire devant tout le monde une scène de jalousie ! Dans ton état ! Tu n'as pas honte ?

Clément demanda :

– Qu'a-t-il dit ?

– Rien de grave, il fait un caprice.

– Donc il éprouve, apparemment, tous les sentiments ordinaires d'un vivant en bonne santé.

La voix de Blaise, ricanante :

– Regardez, il sort son carnet. Il note quoi, ce bon apôtre ? Que je suis normal, quoique mort ?

Félicité, soudain pensive :

– Il faut le ramener chez lui.

Elle resta un moment à regarder le mur, puis l'air modestement gêné :

– Imagine que les gendarmes viennent faire un tour au hameau et le trouvent là, dans mon lit.

Et voyant Clément s'alarmer, l'œil déjà au bout du sentier :

– Oh, certes, ce sont de bonnes pâtes, mais ils ont les sourcils touffus, leurs yeux peuvent noircir très vite, c'est l'uniforme qui veut ça. S'ils le voient mort, ils vont jaser. Ils sont deux au village, Eugène et Célestin. D'anciens élèves, évidemment. Incultes comme des garrigues. N'insistons pas. De temps en temps ils arrivent sur leur vélo. Blaise leur offre un coup de vin et leur vend ses fruits, ses légumes. Surtout ses pommes. Sans mentir, on n'en trouve pas de meilleures d'ici même jusqu'à la mer.

Clément, tout à coup décidé, se dressa, contourna la table.

– Ne bougez pas, dit-il, je m'occupe de lui.

En trois pas il fut à la porte. Il alla droit à la remise, se prit les pieds dans un râteau, jura mais poursuivit jusqu'à l'ombre du fond, trouva, pendu au mur, un rouleau poussiéreux de cordage à poulie, le suspendit à son épaule (il en fut poudré de moisi), s'en revint à grands pas, traversa la cuisine et lança à Félicité qui, pour le regarder passer, cessa de torchonner ses verres :

– La brouette. Sous votre chambre.

Ce fut tout. Elle comprit. Il fonça à l'étage, tira le fauteuil près du lit, assit dessus le corps de Blaise, poussa le tout vers la fenêtre, passa la corde et la noua sous les bras du déménagé et le fit basculer dehors.

C'est à peu près à ce moment qu'apparurent, sortant du bois, les nommés Édouard et Constance. Ils s'en venaient aux funérailles de madame Félicité. Ils la virent de dos devant une brouette, guidant un cadavre encordé qui descendait, le long du mur, d'une fenêtre grande ouverte. Clément, d'en haut, les salua. Leurs sacs leur tombèrent aux chaussures. Ils ne lui répondirent pas. Le virent-ils ? Sans doute pas. Félicité se retourna, et tandis que le mort s'affalait lourdement hors du véhicule rustique placé là pour le recueillir, elle trotta aux nouveaux venus. Elle leur dit, les bras grands ouverts :

– Vous allez pouvoir nous aider, mes chéris, nous manquons de bras.

Et considérant les yeux fixes qui semblaient contempler le vide au-delà de l'entendement :

– Vous faites une drôle de tête. On dirait que je vous fais peur.

3

Le spectacle du corps de Blaise au bout d'une corde moisie entre une fenêtre d'étage et une brouette encombrée de quelques haillons oubliés aurait traumatisé plus gravement, sans doute, les nouveaux venus au hameau si une averse printanière n'avait, en quelques gouttes fraîches, poussé tout le monde dedans. Félicité sortit en hâte quelques gâteaux secs du buffet, consulta de vieilles bouteilles où gisaient des restes d'alcool, mit tout ce qu'elle put sur la table, émit quelques mots rassurants, quoique presque inarticulés, et invita les deux perdus à goûter l'eau-de-vie de prune. Tandis qu'elle s'affairait ainsi avec un entrain émouvant, Clément, descendu de la chambre, conta comme il savait le faire, à mots savamment médicaux, l'étrange accident de suicide qui avait fait du pauvre Blaise un cadavre bleu, mais bavard. Tir de Constance en pleine cible, le menton rehaussé :

– Bavard ?

C'était son premier mot depuis son arrivée. Il lui sortit des yeux autant que de la bouche. Depuis probablement le cours préparatoire, elle n'avait traversé un silence aussi long. Elle regarda Félicité qui lui sourit petitement comme pour s'excuser de la complication qui n'allait pas tarder à tomber sur la table.

– Il me parle, dit-elle. Clément va t'expliquer. Goûte mon jus de pomme, il est sans colorant.

Coup d'œil sombre mais vif de Constance au docteur, qui grignotait l'un après l'autre tous les biscuits d'un vieux paquet. Il attendit d'avoir fini celui qui occupait ses dents, puis exposa paisiblement ses étonnantes découvertes. Il conclut ainsi son propos :

– Si le sujet vous intéresse, nous en reparlerons plus tard. Pour l'instant, l'urgence est ailleurs. Blaise est presque dans la brouette. Il faut le ramener chez lui.

– Complicité d'assassinat, murmura Édouard, tête basse. C'est dix ans au trou, minimum.

Et remuant son verre plein où jouaient des reflets de lampe, tandis qu'un silence contrit alourdissait l'air alentour :

– Pourtant, il faut. Tu as raison. Je ne vois pas que faire d'autre.

Il but cul sec, il se leva et dit encore, l'œil dehors :

– Profitons-en, il ne pleut plus.

Il sortit. Clément le suivit. Félicité, soudain à nouveau pétulante, les accompagnant sur le seuil :

– Et ne traînez pas, les garçons !

Elle rentra, bouscula des chaises, se posa sur une, au

hasard, laissa aller un grand soupir, prit une bouteille au goulot et but une lampée de gnole. Elle en eut un accès de toux qui lui exorbita les yeux puis dit à voix de fin dernière :

– Nom de Dieu, j'en avais besoin.

– Laissez, dit Constance, je range, puis je passerai le balai. La cheminée est toute froide, je vais allumer un bon feu. Vous retrouver miraculée, j'en embrasserais le bon Dieu ! Pourtant, vous le savez, je ne suis pas croyante. Restez assise. Tout de même, je mérite une explication. Vous, tant chérie, vous, tant aimante (oh, je connais votre bon cœur), pourquoi avoir voulu mourir ? Vous vous êtes ratée, d'accord, mais l'intention était choquante.

Et la tête dans le buffet :

– Ces vieilles fioles sont de trop, et l'alcool n'est sain pour personne. Je vais vous en débarrasser.

Félicité lui répondit :

– Je commençais à m'ennuyer. Mon pauvre cœur avait sommeil.

– Eh bien, le voilà réveillé.

Elles rirent ensemble, tendrement.

– *Si ta vie s'endort, risque-la*. Qui a dit cela ?

– Jean Malrieu. Vous m'avez lu de ses poèmes.

Félicité hocha la tête et resta pensive, un moment, à observer la jeune femme qui papillonnait çà et là, d'un brin de vaisselle essuyée aux bûches dans la cheminée. « Elle a peur qu'on la trouve belle, se dit-elle. Oh, la pauvre fée ! Elle joue la maigre aux souliers plats, mais en vérité, elle est svelte, elle a du bon vent sous ses airs. Et son visage n'est pas dur, il suffirait que ses yeux chantent et qu'elle se veuille désirée pour que les anges lui sourient. Par contre, cette robe noire lui fait un teint de pâte à pain. » Elle le pensa, puis elle le dit :

– Le noir ne te va pas du tout.

L'autre lui répondit, pincée :

– Vous semblez oublier qu'il y a une heure à peine, j'étais encore en deuil. Remarquez, je le suis toujours. J'aimais bien Blaise. Moins que vous, mais il était de la famille.

Elles s'installèrent enfin devant un feu tout neuf où ne traînaient ni suie ni cendres. Constance ôta quelques brindilles sur le châle de son amie, l'épousseta sur le devant, puis nouant ses doigts sur ses cuisses :

– Une question me turlupine. Je ne sais comment l'exprimer, vous allez me croire bizarre. Si j'admets (pourquoi pas ?) la thèse de Clément, ce qui survit de notre ami n'a plus un atome de chair. Donc, nous avons le droit de nous interroger. Est-il encore (comment dire ?) un individu sexué ?

La voix paysanne de Blaise fonça tout à coup comme un train (Félicité en sursauta) du tunnel d'une oreille à la sortie de l'autre :

– Qu'est-ce qu'elle raconte, la greluche ? Que me voilà, pauvre de moi, eunuque comme un Turc au harem d'al-Rachid ? C'est vrai, je n'ai plus de pipeau, mais il me reste la musique. Donc, s'il vous plaît, prévenez-la. J'ai mes entrées dans son cerveau comme d'autres au Salon du livre. Que veut-elle, votre chérie ? Des plaisirs de sauna pervers ? Des caresses inimaginables ? Des albums de photos couleur à faire bandouiller un pape ? J'ai tout cela en magasin.

Et la voix soudain empêtrée :

– Le désir me dure, j'avoue, j'ai toujours eu envie de vous, et ces temps-ci plus que jamais. C'est la faute à la mort, elle me trouble les sens.

Félicité, comme à l'école, l'air outré, le ton pète-sec :

– Maintenant, Blaise, tu te tais. Tu choisis très mal ton moment. Constance n'a rien contre toi. Elle voulait parler d'autre chose que de tes états généraux.

– Généraux ?

– Oui, restons discrets.

– Il est là ? demanda Constance. Vous l'entendez ? C'est fascinant !

Et les yeux soudain espérants, prenant les mains de sa compagne :

– Que vous a-t-il dit, à l'instant ?

– N'insiste pas, c'est personnel.

– J'imaginais qu'une fois morts (arrêtez-moi si je me trompe), les problèmes de sexe étant tombés au trou, nous devenions, hommes et femmes, des sortes de gens idéaux.

– Idéaux ? dit Félicité.

Elle eut un rire sec. Elle grogna :

– Quelle horreur !

Constance oublia de l'entendre. Elle sourit aux images vagues qui s'attardaient dans son esprit, puis revenant au monde simple se mit à tisonner le feu. La face illuminée par les flammes nouvelles, la vieille femme murmura :

– Mieux qu'un idéal, ma petite, n'as-tu pas un rêve caché ?

– Peut-être oui, peut-être non, je n'ai pas le temps d'y penser.

Bref instant de mélancolie, puis la mine à nouveau pimpante :

– Savez-vous qu'hier soir encore je ne connaissais pas Édouard, je veux dire : physiquement ? Au temps où j'allais à l'école, il vous avait déjà quittée. Eh bien, vous n'allez pas me croire, ce matin, dans le TGV (quelle peine vous m'avez faite !), je relis encore une fois votre lettre. N'en parlons plus. Je pleure un bon coup, ça va mieux. Je vais au wagon-bar, et qui je vois ? Un homme. Je ne vous dirais pas que je l'ai reconnu. Mieux que ça : je l'ai deviné. Il buvait un café, assis devant la vitre. Il avait l'air préoccupé. Je me suis dit : « C'est lui. » Je n'ai pas hésité. Il était seul. Il m'a émue. Il est assez beau, tout de même. Objectivement, c'est un fait. Quand je l'ai vu sortir de sa poche intérieure l'enveloppe aux mots tout petits que j'avais moi-même reçue, mon cœur en a bondi dehors. Je me suis approchée de lui. Nous nous sommes serré la main. J'ai failli renverser sa tasse. Et de qui avons-nous parlé ? De vous, bien sûr, de notre école, du bien que vous nous avez fait et du chagrin, mauvaise femme, que vous nous avez imposé. Nous avons échangé des pensées émouvantes. Édouard, à l'évidence, est un homme profond.

– Le voilà, dit Félicité.

Un coup de vent entra avec le pas traînard des deux hommes éreintés. Pas un mot ne fut dit de leur corvée funèbre. Seuls furent prononcés, au passage du seuil, ces embryons de phrases lasses :

– Devinez qui vient, dit Clément.

Édouard, sur ses talons :

– Les flics. Mais tout va bien, Blaise est chez lui.

Il laissa la porte battante. Couinements de freins dans la cour, bruits de vélos abandonnés contre le flanc de la brouette. Eugène apparut le premier, débourba longuement ses bottes de gendarme au paillasson mouillé et dit, jovial :

– On peut entrer ?

Célestin le poussa dedans avant qu'on daigne lui répondre. Tous deux ôtèrent leur képi.

– Voilà mes chanteurs d'apéro, lança Félicité, revêche. Vous auriez dû venir tantôt, je n'ai plus rien, ni vin ni gnole. Mes jeunes brigands ont tout bu.

Ils rirent gras.

– Ce n'est pas grave, c'est Blaise que nous venons voir.

– Il n'est pas là. Il est parti.

Elle fit un geste évanescent de semeuse de grains dans l'air, puis avalant un sanglot sec :

– Et croyez-moi, je peux vous dire qu'il n'est pas près de revenir.

Les deux en furent tant surpris qu'ils se laissèrent choir, en bégayant des riens, sur des chaises à portée de fesses.

– Vous plaisantez, dit Célestin. Je l'ai rencontré ce matin. Je lui ai dit : « Ça va ? » Il m'a répondu : « Oui. » Ce ne sont pas les mots d'un homme qui s'en va pour le Bengladesh, ou chez le roi du Sénégal. Il avait plutôt l'air d'humeur à flairer le cul des melons. La preuve que je ne mens pas : il s'est payé un ananas chez la marchande de bananes.

Côté Félicité, irritation croissante et tentative de répondre, faute de mieux, à mots cassants. « Elle va craquer », se dit Clément. Coup d'œil alarmé aux deux autres. Édouard réagit le premier :

– Je suis aussi surpris que vous, mais les faits, pour nous, policiers (vous ne me contredirez pas), sont nos patrons inébranlables. Voici donc ? Ouvrez vos carnets. Vous n'en avez pas ? C'est pas grave. Je témoigne verbalement. Comme notre taxi arrivait dans la cour, je l'ai vu là, devant la porte, embrasser notre vieille amie, puis nous faire un salut (comment dire ?) manuel. Tandis que je payais la course, il a demandé au chauffeur s'il s'en retournait à Narbonne. Réponse : « Oui. » Et Blaise est parti avec lui. Il m'a paru fier, décidé, content de se retrouver libre.

Félicité, hochant la tête, hargneuse comme un vieux corbeau :

– Content, content, c'est vite dit.

Et Constance, aux gendarmes :

– Elle est triste, pauvrette, il va lui manquer, c'est certain.

– Mais enfin, il est allé où ? dit Eugène, tant ébahi que sa main errante, à tâtons, chercha son képi sur la table comme un aveugle son bâton.

– À Paris, dit Félicité.

Et Clément :

– Épouser sa Louise.

– Petite annonce, dit Constance, courrier doux, photos, rendez-vous.

– Et voilà, il n'en faut pas plus, conclut joyeusement Édouard dans un geste de magicien en tournée de salles des fêtes.

Rires contraints, remuements lourds. Célestin, la mine butée, se gratta le sommet du crâne, puis il dit à ses godillots :

– C'est tout de même un peu bizarre.

Et relevant le front, soudain horripilé comme un qui cherche dans son sac les lorgnons qu'il a sur le nez :

– Enfin quoi, je l'ai vu, il sortait du bistrot. J'ai entendu Paula le houspiller, derrière. Il nous est passé à côté. Pourquoi ne nous a-t-il rien dit ? Nous sommes amis, tout de même !

Clément risqua :

– Il est timide. Il a craint que vous vous moquiez.

– On aurait juste fait des cornes à son chapeau, admit Eugène, rigolard. Il aurait payé sa tournée, il nous aurait sorti des photos de la dame, et voilà, rien de bien méchant.

Célestin, enfermé dans son idée première :

– Enfin, monsieur Édouard, vous êtes policier. N'êtes-vous pas surpris de voir un homme simple s'enfuir de son hameau natal comme un voleur pris de colique, un beau matin, sans prévenir ? Et s'il vous avait tous roulés ? Votre Blaise est peut-être un droguiste rural, un fricoteur de plantes louches parti faire fortune ailleurs. Allez savoir, avec les gens. Comme disait mon pauvre père, on pue toujours de quelque part.

– Il puait le fumier, gronda Félicité. Mais son odeur était honnête.

– Cependant, dit Édouard, il faut être lucide. Il est impossible d'exclure l'hypothèse de Célestin. On ne se méfie jamais trop. J'ai connu des Légions d'honneur qui fraudaient le fisc à tout-va et déjeunaient chez des ministres.

Moment de silence indécis. Sous les sourcils froncés de Constance et Clément, ces mots, ou à peu près : « Où veut-il en venir ? » Félicité, enfin, dangereusement calme, articula ceci :

– Accuser Blaise de droguer la planète et ses environs me paraît si abomidiot qu'il m'est impossible d'en rire. Pour l'instant, je reste polie. Je me retiens de déraper dans votre gadoue pernicieuse.

Le ton grimpa d'un coup. Ce fut Phèdre soudain houspillant les gradins d'un théâtre en plein air :

– Mais je vous préviens, les soldats, et toi aussi, le Parisien, je ne vais pas tarder à tourner à l'orage, et alors là, tous à plat ventre, il va pleuvoir du feu de Dieu !

– Allons, Édouard parlait en l'air, vous le connaissez, dit Constance.

Et Célestin, buté mais calme :

– Il nous faut perquisitionner.

Encombrement de chaises brusquement remuées. Rencontre de regards tout à coup envahis par une sonnerie d'alarme à hérisser les poils des bras.

– Où cela ? dit Clément.

– Chez Blaise, évidemment.

Constance, faufilée sous le nez du bonhomme :

– Vous n'avez pas le droit !

– Je m'en occuperai moi-même, dit Édouard.

Célestin remit son képi :

– Vous-même personnellement ?

Félicité, découragée :

– Vous-même personnellement ! Il a l'air d'un homme, mais non, c'est un pléonasme ambulant. Chaque fois qu'il parle, il m'énerve. S'il le pouvait, ce gros mulet, il ferait dix fautes par mot.

– Vous serez prévenus, bien sûr, du résultat de mes recherches, dit Édouard en poussant les gendarmes dehors.

Et tandis qu'il serrait les mains :

– Reprenez vos vélos et pédalez au diable, conclut

Félicité. Plus un fruit, plus une tomate, plus une carotte, plus rien. Vous irez au supermarché acheter au prix du gigot vos légumes à l'eau de Javel.

Dès qu'Édouard eut fermé la porte :

– Explique-nous, lui dit Clément.

L'autre s'assit, et posément :

– Je leur embrouille la pelote. Blaise est parti. C'est dit, c'est sûr. Pas le moindre atome de doute. Ce qui s'est passé dans le lit de madame Félicité ne leur est pas imaginable. Blaise est donc allé quelque part. Où ? À la ville. Épouser qui ? Une égarée matrimoniale. L'alibi stupéfie. Est-il vérifiable ? Il l'est. Eh bien, vérifions. Célestin retrousse ses manches. Feuilles blanches, papier carbone, machine à écrire. Au boulot. Il rédige en trois exemplaires un rapport administratif.

Félicité :

– Oui, plein de fautes.

– Pour un flic à peu près moyen, deux heures d'enquête suffisent à désosser le playmobil. Pas de fiancée, pas de mariage. Blaise a menti. Il est ailleurs. C'est alors que l'agriculteur trafiquant d'herbes prohibées revient trotter dans les esprits. Voilà Célestin convaincu qu'il a vu juste avant les autres. Il est content, et moi aussi. Je n'ai fait que l'encourager à ouvrir la nouvelle piste qui conduira, après longtemps, au terminus des nulle part. Cherchez Blaise partout, sauf là où il est. Chez lui. Je ne perds surtout pas de vue que la seule nécessité, pour que la paix nous accompagne aussi loin que la vie voudra, est que le mort reste introuvable. Notre travail des jours prochains est donc de faire disparaître pour la nuit des temps à venir le cadavre de notre ami.

Constance, époustouflée :

– Lumineux ! Magnifique !

Et se penchant en confidence vers sa voisine auprès du feu :

– Il est brillant, non ? Franchement !

– Il tricote bien des méninges, lui répondit Félicité, mais au fond, c'est un sensitif.

Clément s'en vint aussi près d'elle.

– Ne pourriez-vous pas, lui dit-il, demander à l'esprit de votre compagnon ce qu'il pense de tout cela ?

– Pour l'instant, il n'est pas joignable. Il sommeille. Le bruit l'endort. Je lui parlerai tout à l'heure, quand je serai seule avec lui.

Elle soupira. Elle dit encore :

– Va falloir songer à dîner. Il y a de la soupe de reste, de la salade, du jambon, du fromage de chèvre frais.

Elle eut un soupir fatigué. Ses yeux un moment se perdirent dans l'ombre de la cheminée. Elle dit encore, avec effort :

– Bien sûr, Blaise. Et de l'ananas.

– Je m'en occupe, dit Constance.

Elle choisit Édouard pour l'aider.

Fin du repas végétarien. Comme ils parvenaient sans encombre au fond des assiettes torchées, la porte s'ouvrit sur la nuit et la lueur d'une lanterne. Siméon entra, s'ébroua, déclara qu'il faisait frisquet, et brandissant une bouteille d'alcool de prune du jardin :

– Bienvenue chez les assassins, comme disait mon oncle Charles quand il attaquait un flacon. Il le tuait en dix minutes. Pardon, maman Félicité, je n'ai pas débourbé mes grolles, j'ai lâché partout des pâtés.

– Trop tard, Siméon. Assieds-toi.

Comme il cherchait où se poser :

– J'ai vu les Célestin-Eugène, dit-il, gloussant à petits coups comme un marchand d'histoires drôles. Ils m'ont demandé, ces curieux, si je savais où était Blaise.

Il se tut, déboucha la fiole, servit les convives alentour, sauf madame Félicité que Constance priva d'alcool par souci de ses vieux organes.

– Qu'as-tu répondu ? dit Édouard.

– Que, bien sûr, il était parti, et que si je ne m'abusais, cette buse avait pris le bus pour aller faire le négus avec une greluche, en ville.

Il rit abondamment de ses mots consonants, puis ajouta, l'air gentleman :

– Si j'ose m'exprimer ainsi.

Il se resservit de sa gnole.

– Tu leur as menti, dit Clément.

– Hé non, puisqu'ils ne m'ont pas cru. Il n'y a pas de bus à cette heure. Ils m'ont tapé sur l'omoplate et sont partis en rigolant.

Il avança son front tanné au beau milieu de la tablée et dit encore, en confidence, aux visages qui l'entouraient :

– Ils me prennent pour un bémol. Hé non, je connais la musique, mais je me la chante tout seul. Je sais bien, moi, pourquoi il a fui comme un lièvre.

Et désignant Félicité qui somnolait, auprès du feu, sur sa tasse de camomille :

– Il l'aimait comme un loup-garou. Il me l'a avoué, une nuit de mois d'août, tandis que chacun, dans le noir, se tripotait la clarinette. Une dame de presque un siècle ! Il ne rêvait que de son lit et d'aveux au clair de la lune. Vous vous rendez compte, docteur ? Je lui ai dit : « Change de route. Tu ne confesses rien, tu meurs à petit feu. Tu avoues, à genoux ou non, et tu prends la gifle du siècle. » Il est parti. Il a bien fait.

Félicité, paisiblement :

– J'ai tout entendu, Siméon. Inutile de t'exprimer comme un pet qui n'ose pas braire.

Et Constance :

– Vraiment, messieurs, vous volez bas. Vos ricanements sont indignes.

Félicité la prit tendrement par la main, et l'attirant contre sa joue :

– Viens, ma fille, viens, ma jolie, que je te réchauffe les sangs. Tu sais comment je t'imagine ? Comme un début de mois de mars, un peu froide, mais tu promets, je sens du feu, là, sous ta peau. Approchez aussi, les garçons, allons, ne soyez pas timides, vous saurez, de toute façon, j'ai tout écrit dans mon cahier, mais je ne verrai pas vos yeux si vous ne faites que me lire.

Ils vinrent s'asseoir à ses pieds, comme une couvée de grand-mère. Siméon, resté seul, accoudé à la table devant sa bouteille asséchée, laissa aller au creux des bras sa tête de plus en plus basse et se mit à ronfler avec la discrétion d'un Jésus fatigué. Félicité se tut le temps qu'il s'ensommeille, puis elle dit, le regard lointain :

– Blaise, à genoux, au clair de lune ? Non, je ne l'aurais pas giflé. Je l'aurais béni de bon cœur. Que croyez-vous, pauvres enfants ? Qu'une institutrice honoraire parvenue à l'âge où l'on meurt n'a plus ni rêves ni désirs ? Qu'il est inconvenant qu'une petite vieille espère un prince dans son lit, un démon, un fauve, qu'importe, pourvu qu'il lui dénoue les sens ? Eh bien, je suis inconvenante, et si je vous disais à quel point (Dieu m'en garde !), vous en auriez les poils debout. Vous êtes gênés, je le vois. Pourquoi donc baissez-vous le nez ? Pourquoi ne puis-je avoir envie de caresses sous le nombril sans que vous en soyiez honteux ? Vous n'osez pas aimer l'amour. Vous semblez ignorer qu'il peut venir frapper à toutes les portes du monde, même les vermoulues, même les plus que vieilles, pourvu qu'elles n'aient pas de serrure et que brille encore, au-dedans, le feu que rien ne peut éteindre. Vous me croyez en paix, je sais. Insupportable par moments, mais tranquille côté rêveries énervées. Erreur, je ne dors pas, je brûle et je trouve ça délicieux. Oh, mes petits, mes tant aimés, j'aimerais que l'on puisse dire : « Les enfants de Félicité n'éteignent jamais la lumière, ni dans les crânes ni plus bas, là où toute vie prend sa source. Et c'est pour cela qu'ils sont beaux ! »

Elle se tut, essuya une larme naissante. Constance prit sa main, et la tête penchée s'en caressa la joue. Clément dit à petite voix :

– Là-haut, dans votre chambre, sur la table de nuit, l'homme sur la photo, c'est Jim ?

– Comment sais-tu, petit voyou ?

– Blaise, un jour, m'a parlé de lui, de votre rencontre à Paris, de vos amours extravagantes. Je m'en suis senti fier de vous, et même quelque peu exalté, je l'avoue.

– Je savais aussi, dit Édouard. Monsieur Jimmy, l'amant lointain, le mystérieux intermittent ! J'ai entendu son nom pour la première fois un soir d'apéritif au bistrot de Paula. Blaise ne l'aimait pas, il l'appelait « l'amer », et tous les autres « le ricain ». J'en ai entendu, des ragots ! Et pourtant je n'ai jamais pu vous imaginer amoureuse. Et d'un soldat yankee, en plus ! Je trouvais ça inadmissible. J'ai décidé de l'oublier.

– Siméon m'a tout raconté, mais c'est un farceur, dit Constance. J'ai vraiment cru qu'il divaguait. Je préférais imaginer votre enfance dans le village. J'aimais penser que vous alliez à la même école que nous.

Félicité fit non, lentement, de la tête.

– Mes parents m'ont abandonnée. Ma grand-mère m'a recueillie. Elle vivait seule, loin d'ici.

Sa jeune amie couina, les yeux horrifiés :

– Abandonnée ? Bébé ? Dans la rue ? Toute seule ?

– Ils étaient plus que moi perdus. Pensez, mon père était curé, et ma mère, devinez quoi ?

Elle rit de bon cœur et pourtant ses yeux se mouillèrent de larmes.

– Petite sœur de Saint-Vincent. Son couvent était à Toulouse. J'y suis allée, un jour, sans rien dire à personne. Une vieille nonne tremblante qui l'avait connue en son temps m'a dit que je lui ressemblais.

– C'est romanesque, dit Clément.

Félicité, riant encore :

– Je ne connais pas de roman qui soit assez invraisemblable pour prétendre rivaliser avec les embrouilles de Dieu.

– Ne plaisantez pas, c'est terrible, dit Constance. Racontez-nous.

Félicité, les yeux ailleurs, resta un moment attentive à des mots sans souffle ni corps, puis d'un revers de main éloigna la présence qui semblait l'occuper et l'air tout à coup amusé :

– Blaise est jaloux. Oh, que je l'aime ! Il croyait tout savoir, le pauvre, de mes petits et grands secrets, il découvre qu'il ignorait de quel bois la vie m'a chauffée, et regardez-le, ça le vexe. Mais oui, tu boudes, je le sens. Écoute donc et reste simple. Je ne me répéterai pas.

Elle s'installa commodément et conta ainsi son histoire :

– Ma grand-mère m'a tout appris la veille au soir de mon départ à l'école d'institutrices. Jusqu'alors je pensais avoir été trouvée au pied du portail d'une église, comme dans les vieux feuilletons. Ce jour-là, elle m'a dit que non, et qu'il était temps que je sache. Il était grand temps, en effet. Je venais d'avoir dix-sept ans ! Mon père était le confesseur des sœurs de Saint-Vincent-de-Paul qui avaient leur chapelle au bord de la Garonne. Ma mère était la religieuse la plus jeune de la maison. Elle allait deux fois par semaine se confesser dans son recoin de cabine téléphonique. Je suppose qu'elle avouait, à l'être d'ombre à peine vu, quelques ordinaires misères, puis venait l'instant de l'aveu qui devait (je la vois d'ici !) courber son front jusqu'aux genoux. Qu'avait-elle à se reprocher ? Ceci, qu'elle estimait sans doute inexpiable : tous les soirs, la chandelle éteinte, elle ne pouvait se retenir de se caresser, les yeux clos, jusqu'à pleurer sa jouissance, la bouche dans son oreiller. Mais le pire, c'était cet homme qu'elle imaginait sur son corps, qui lui murmurait à l'oreille d'envoûtantes obscénités et qui avait la voix obscure de ce prêtre qu'elle devinait et qu'elle n'osait pas regarder de l'autre côté de la grille. Elle le suppliait de l'aider, de lui imposer les tourments que sa conduite méritait. Il ne disait rien. Il souffrait. Il priait pour elle et pour lui, car il vivait en vérité les mêmes peines que la nonne qu'il ne distinguait même pas. Quand il récitait à voix basse : « Notre Père qui es aux cieux », il entendait ces mots dans la nuit de ses yeux : « Ma femme qui es sur la terre. » Lui non plus, chaque soir, ne pouvait s'empêcher de la voir nue, là, dans son lit, et de n'aimer qu'un corps fantôme. Quelles douleurs ils éprouvaient, quelles misères, quelles hontes ! Pourquoi, pauvres enfants ? Pour rien. Pour la satisfaction d'un Tout-Puissant bourreau et de sa servante l'Église. Fin de l'histoire ? Non, ils ont désobéi. Regardez-moi, j'en suis la preuve. Un jour, il a osé lui dire qu'ils avaient le même désir, qu'ils ne se voulaient que du bien et que rien ne justifiait les tortures qu'ils s'imposaient. Alors ils sont sortis ensemble, dans la rue, au soleil flambant, et ils sont partis, droit devant.

Elle se tut, resta silencieuse, le regard errant dans le feu. D'un moment on n'entendit plus que les éclats du bois qui brûlait haut dans l'âtre, puis elle dit encore, à voix lasse :

– Ils étaient, hélas, trop meurtris. Ils avaient trop longtemps croupi à l'ombre de la mère ogresse. Mon père a cherché du travail, « mais bon, comme disait grand-mère, quand on n'est pas habitué », et sans en dire plus elle haussait les épaules, elle remettait ses mains osseuses à leur ouvrage quotidien. Je n'ai pas connu le visage de ce pauvre homme tourmenté mille et mille fois espéré. M'a-t-il un peu aimée, ne serait-ce qu'un jour ? Il a disparu dans le vin comme d'autres dans le brouillard. Pour se punir de m'avoir faite, ma mère est partie en Afrique nourrir des enfants affamés. Je devais avoir quelques mois. Je crois bien qu'elle me haïssait. Pire, je lui faisais horreur, j'étais sa faute impardonnable, alors elle m'a fourrée dans les bras de sa vieille sans lui demander son avis. Quand j'ai su qu'elle vivait encore, je l'ai détestée, attendue, imaginée sorcière et sainte, je l'ai pleurée des nuits sans fin. « Pourquoi m'as-tu abandonnée ? » Des millions de christs, dans le monde, et des millions de fois par jour, s'adressent ainsi au ciel muet. Je fus l'un d'eux, quelques années. Et puis ma peine s'est usée. Son absence au temps de Noël ne m'a plus fait ni chaud ni froid. Ne m'est restée qu'une colère, un torrent jamais apaisé. J'ai tenté de vous le cacher, par amour pour vous, je suppose. Il déborde parfois, je sais, mais j'essaie de me tenir bien. L'institutrice est bonne élève.

Elle soupira, puis sèchement :

– Je suis fatiguée, mes enfants. Édouard, Clément, pour vous, c'est la chambre à deux lits. Vous la connaissez. Bonne nuit.

Elle se dressa. Les trois s'empressèrent autour d'elle. Ils auraient voulu lui parler, dire des choses simples, tendres, des bontés sans le bruit des mots, peut-être la bercer, caresser son visage, mais leurs mains hésitaient à se poser sur elle. Ils savaient qu'elle les rabrouerait. Elle s'éloigna d'eux.

– Siméon !

Il ronflait, la joue sur la table et les bras pendants jusqu'aux pieds. Il grogna mais ne bougea pas. Elle retint Édouard et Constance qui s'apprêtaient à l'effrayer d'un grondement de loup chacun dans une oreille.

– Laissez-le dormir, leur dit-elle. Il n'est pas en train, ces jours-ci.

Et se penchant, en confidence, au plus près de sa jeune amie :

– Je t'ai réservé, lui dit-elle, la chambre où j'ai posé mon sac quand ma grand-mère Rosalie est venue s'installer ici. Le lit grince, mais gentiment. Il n'a jamais connu que moi.

Elle cligna d'un œil, murmura :

– J'espère que tu l'aimeras.

Constance se sentit rougir. Elle craignit un instant qu'Édouard ait entendu. Elle pensa : « Je déraille ou quoi ? » Elle dit :

– Bien sûr, Félicité.

Puis hésitante, intimidée :

– Je vis un drôle de miracle. Je suis comme vous mécréante, et vous me faites croire en Dieu.

Comme elles grimpaient ensemble aux chambres, Félicité lui répondit :

– C'est signe d'amour, ma petite. Cela m'est arrivé aussi.

Elles s'embrassèrent en haut des marches. Constance murmura :

– Merci.

Félicité, à peine entrée dans sa chambre aux rideaux tirés, resta un moment sur le seuil à contempler, l'air satisfait, le grand ménage parfumé qu'avait fait sa jeune compagne pendant que mijotait la soupe du dîner. Oreillers propres, draps bordés, édredon orné de dentelles, impeccablement rebondi, vêtements pliés et rangés sur le haut dossier du fauteuil et lavande vaporisée jusqu'aux recoins de la pénombre. Seuls son journal intime et la photo de Jim sur la table de nuit avaient échappé au chiffon qu'elle avait partout promené. « C'est une fille délicate, pas seulement un ouragan », se dit la vieille femme en venant à son lit. Elle se posa au bord, elle dénoua son châle, et l'œil tout à coup aux aguets, tandis qu'elle suspendait son geste :

– Tu es là, Blaise ? Tu me vois ?

Elle perçut comme un bâillement, puis le mort, d'un ton de reproche :

– Vous vous couchez bien tard. Vous m'avez réveillé.

– Eh bien rendors-toi, tu me gênes. Nous sommes intimes, d'accord, mais je ne peux quand même pas me déshabiller devant toi.

Un rire bref dans l'air ombreux.

– Après tout ce que nous savons, moi de vos rêves et vous des miens, vous feriez encore la prude ? J'avais du beau à vous apprendre. Eh bien tant pis pour vous. Bonsoir.

Elle s'impatienta, mais à peine. Elle savait qu'il resterait là. Il ne voulait que l'agacer.

– Ne me fais pas ta tronche d'ail, dis-moi, fais vite, j'ai sommeil, mais tourne-toi vers la fenêtre, et ne triche pas, s'il te plaît.

Elle mit sa chemise de nuit avant d'ôter sa robe longue, ouvrit la couette, s'allongea, se dépêtra malaisément de ses vêtements de dessous à l'abri du drap sur la tête.

– Je t'écoute, dit-elle enfin.

– J'ai vu ma mère dans le bois.
– Elle t'a parlé ?
– Oui. Elle m'a dit : « Tu te souviens du cinéma ? » Alors m'est revenu un jour de mon enfance si lourd et si terrifiant que je l'ai gardé pour moi seul de peur d'empoisonner le monde si j'osais le laisser sortir.

Elle le sentit, dans la pénombre, remuer des mots noirs, pesants. Elle attendit, l'œil aiguisé. Elle murmura :

– Parle, petit.

Et la voix de Blaise, fiévreuse :

– Un samedi après-midi. Nous étions en ville, elle et moi. C'était un jour d'un tas de courses. Elle marchait vite, je traînais, je crois que je l'embarrassais. Comme je trottais derrière elle, je l'ai vue s'arrêter devant un cinéma. Je me souviens des gens qui encombraient l'entrée, des grandes lettres en néon rouge : Rex, et dessous : *Robin des Bois*. Elle m'a dit : « C'est bien, tu verras, c'est en couleurs américaines. » Elle m'a promis qu'au bout du film elle serait là, sur le trottoir. Elle a payé ma place, elle a baisé mon front. Je voulais qu'elle vienne avec moi, mais non, elle m'a tourné le dos. Du coup, ma gorge s'est nouée. La foule m'a poussé dans le noir de la salle. De cet instant de perdition jusqu'aux portes à nouveau ouvertes, je n'ai cessé de ruminer : « Elle va m'oublier, forcément, avec toutes ces courses à faire. Quand je retrouverai la rue, il fera nuit, je serai seul, et j'irai où, sans Dieu ni mère, sur ces boulevards infinis ? » J'en suis sorti, enfin. J'ai retrouvé l'air frais, et ma mère était là, avec son tas de sacs. Elle m'a dit : « C'était bien ? » Et j'ai répondu : « Oui. » Nous avons repris l'autobus, tranquilles comme au bout du jour, quand on retourne à la maison.

Le silence dura longtemps. Enfin, Félicité, comme pour elle seule :

– Tu es toujours là, près de moi ? Oh, j'aimerais te caresser.

– Vous le faites, répondit Blaise. Je vous promets que tout à l'heure je dormirai auprès de vous. Pour l'instant tenez-vous tranquille. Mon histoire n'est pas finie.

– L'as-tu racontée à ta mère ?

– Non, elle n'en a jamais rien su. Mais quand je l'ai vue m'apparaître entre deux arbres, dans le bois, elle n'était pas ma pauvre vieille, elle avait l'âge de ce jour où je me suis senti perdu, et elle savait tout de ma vie, du fond de la cave au grenier. Elle m'a dit : « Tu vois, je suis là, à la sortie du cinéma. » Elle parlait de ce monde où j'avais vécu seul, et que je venais de quitter. Ce monde, une fiction, un mirage, rien d'autre ! Elle m'a dit encore : « Comprends, et chasse tes peurs, elles te mentent. Quand le film est fini, tu reviens à la vie, et il y aura toujours quelqu'un pour t'attendre devant la porte. »

– Crois-tu vraiment cela ? lui dit Félicité.

La voix lui vint près de l'oreille :

– Puis-je me coucher près de vous ?

– Fais-le, mais ne me le dis pas.

Elle se renfonça dans son lit. Silence, puis :

– Blaise, tu dors ?

Et sans attendre la réponse :

– Admettons que tu sois d'accord pour que nous habitions ensemble, un peu comme femme et mari, si tu vois ce que je veux dire. Demain matin, je me dénonce, je parle au maire et à Paula et je te retrouve à midi à la prison de Carcassonne. C'est la meilleure solution. Elle préservera les enfants du toboggan foireux qui les emportera si l'on découvre ton cadavre et les farces qui vont avec. Par ailleurs, dans notre cachot, nous serons unis pour toujours.

Long soupir.

– Dors bien, mon amour.

4

Au matin revenu, comme Félicité s'habillait à la hâte, pudiquement cachée derrière le fauteuil :

– Ma bonne amie, réfléchissons, bougonna le désincarné. Quoique défunt, vous le savez, je reste un homme au cœur sensible. Vivre avec vous, j'avoue, j'en ai toujours rêvé, et votre corps m'inspire encore l'envie de vous prouver que je. Mais à Carcassonne ! En prison ! N'est-ce pas beaucoup exiger d'un jardinier traumatisé par son récent assassinat ? Vous n'avez pas voulu ma mort, je sais, je ne vous en veux pas. Mais ne serait-ce pas un crime cruellement prémédité que d'enfermer un innocent dans un cachot malodorant au lavabo sans paravent, alors que je jouis du pouvoir enivrant de traverser un mur comme une porte ouverte. Je veux bien vous rendre visite en amoureux escaladeur de vigne vierge médiévale, vous chanter des airs parisiens, vous raconter comment Constance s'apprête à plonger toute nue dans les eaux tourmentées d'Édouard, mais me boucler, moi, l'évadé, dans une cellule occitane, j'ai du mal à l'imaginer sans entendre sonner le glas.

Félicité, soudain fringante, tandis qu'elle coiffait son chignon :

– Tu as remarqué, toi aussi ?

– Quoi donc ?

– Notre Constance et son œil qui frétille dès qu'elle entend le nom d'Édouard.

Clin d'œil au miroir, petit rire, puis le ton à nouveau posé :

– Tu hésites. Fort bien. J'admets tes réticences. Il est hélas habituel que l'homme ne soit jamais là quand sa compagne est dans la peine. « Je sors », voilà son maître-mot. « Je m'en retourne à mes devoirs », comme disait l'Américain au dernier jour de nos vacances. Ainsi soit-il. N'en parlons plus. Bref, loin de moi l'idée crochue de déplumer ces vastes ailes que tu me déploies sous le nez. Je suis moi-même un être libre. Tu l'es aussi, vive le vent. Navigue donc à ton idée. Mais au moindre appel de ma part, télépathique ou non, tu viens.

Elle pointa l'index sur ses pieds.

– Fidèle au poste. Promets-moi.

Il promit, mais du bout des dents. Elle conclut :

– Affaire réglée. Maintenant, récapitulons. J'avoue le meurtre. On m'embastille. Nous emménageons, toi et moi, dans notre cellule gratuite. Pour les enfants, fin des soucis. Ils se partagent le hameau. Les papiers sont chez le notaire. Édouard emparouille Constance. Je me comprends, tu m'as compris. Elle est mariée mais tant pis, c'est le destin, ils se débrouillent. Clément retourne à ses sommeils et j'ouvre une école en prison. À tout bientôt, mon roi de cœur.

Elle fit un signe d'au revoir à l'ombre qui l'environnait et sortit sans se retourner.

Elle s'était habillée de propre et coiffée du chapeau ombré d'une voilette qu'elle avait toujours réservé aux occasions hors du commun. Il était vieux mais presque neuf. Elle avait longtemps hésité à l'ôter de son étagère. Elle le trouvait trop élégant pour la circonstance présente. Elle descendit, le pas prudent, l'escalier aux marches grinçantes, son sac à main au creux du coude et ses chaussures au bout des doigts. Les chambres, à l'étage, dormaient. Surtout ne déranger personne. Le soleil rougeoyait à peine entre les grands arbres du bois. Dans la cuisine au feu éteint Siméon sommeillait encore, à plat ventre le long du banc. Elle n'eut pas à le réveiller. Le parfum du café suffit à entrebâiller ses paupières. Il grogna, claqua du clapet, gratta furieusement, à deux poings, sa tignasse, demanda quelle heure il était et bâilla sans souci d'entendre la réponse qui, d'ailleurs, ne fut pas donnée. Comme il chauffait ses mains à sa tasse fumante :

– Va chercher l'âne et la carriole, dit Félicité. Nous partons.

Il répondit :

– Tonton, tontaine.

Lui-même ne sut pas pourquoi. Il se souleva à grand-peine et s'en alla pisser dehors.

Tandis qu'ils cahotaient sur le chemin bourbeux qui menait au village :

– Je sais où vous allez, dit enfin Siméon après un long silence. Votre chapeau d'enterrement, votre manteau aux épaulettes trop lourdes pour vos petits bras, votre parfum Gaston Dior à la naphtaline d'armoire, voilà qui ne peut pas tromper le cow-boy le plus perspicace au sud-ouest du mont Bugarach.

Félicité, pincée, lissant ses manches propres :

– Et où vais-je donc, s'il te plaît ?

– À la ville, rejoindre Blaise. C'est écrit en lettres mouillées au bout de votre petit nez.

Il se moucha entre ses doigts et s'essuyant à sa chemise, bougon comme un ours dépressif :

– Il est parti, le marié. Qui a refusé de le suivre ? Votre fidèle Siméon. Rien qu'à dire ces mots, je pleure. J'aurais pu avoir, moi aussi, des occases de youp-là-boum à Paris, que sais-je, à Moscou, en Belgique néerlandaise, mais vous laisser seule ? Jamais. Je ne suis pas de ces jean-foutre qui éteignent le chandelier pendant qu'on écrit au bon Dieu, et qui s'en vont en sifflotant. Mais évidemment, Siméon, c'est trop peu pour vous, c'est ignare, c'est du moisi de champignon. Vous préférez, je le vois bien, votre beau vélocipédiste au conducteur assermenté de cette calèche à deux roues tout de même plus confortable qu'un porte-bagages à vélo. Non mais quand même il y a des choses qu'il faut un pneu rectifier, sinon c'est la grande vadrouille. J'ai dit : un pneu, oui, et alors ?

Les poumons à plat, la voix rauque, il finit sa tirade en ballon dégonflé. Félicité, émerveillée :

– Mais tu es jaloux, toi aussi ! Quel joli cadeau, quel bonheur ! Tu me donnes envie de rester.

– Vous avouez donc. Vous partez.

– Je vais en prison, Siméon. J'ai tué Blaise. Un coup d'aiguille, une giclée de mort-aux-rats, et bonne nuit les yeux ouverts. Ce n'était pas délibéré, tu t'en doutes, si tu m'estimes. J'ai fait juste une erreur de bras.

Siméon tira sur les rênes. L'âne, docile, s'arrêta et libéra quelques crottins tandis que son maître, l'œil fixe et la voix montée des bas-fonds, confiait gravement à la croupe velue :

– Tu entends ça, ma bonne bête ? Elle me prend pour toi, maintenant. Elle me croit plus mou du bonnet qu'un rugbyman à quatre pattes qui regarde passer le train. Je crois bien, malheur de mes os, que j'en tomberais dans les pommes, si je savais comment on fait.

Et contemplant, l'œil de travers, les chaussures de sa compagne :

– Franchement, vous me décevez. Comment pouvez-vous mépriser votre pilote de carriole au point de lui servir au petit déjeuner une soupe aussi rachitique ? Vous, madame Félicité, maîtresse d'école honoraire, tuer votre Blaise ? Je ris. Je peux vous apprendre à mentir, si vous voulez, leçons gratuites, parce que là, pardon, météo négative. Il va neiger sur les hauteurs. Vous êtes au-dessous de zéro. Ou alors c'est délibéré. Vous avez voulu m'offenser avec vos salades fanées. Vous partez. Soit, je m'y ferai. Si cela peut vous arranger, je vous conduirai à Narbonne, mais s'il vous plaît, ne parlez plus. Vous me flanquez les oreillons.

Tapotement du genou droit.

– Je me tais, Siméon. Démarre.

Un coup de bride au cul remit la bête au trot. Félicité, rieuse, le regarda bouder, puis humant l'air sous les grands arbres :

– Tu sens comme il va faire beau ?

Il répondit d'un grognement. Elle se blottit contre sa veste, et le regard parti au loin : « Quel homme émouvant ! se dit-elle. On lui sert une fable, il gobe, bouche ouverte, il fait confiance, il croit. On lui parle vrai, il s'insurge, il refuse farouchement que l'on encrasse ses oreilles. Alors, bien sûr, on rit de lui, on l'idiotise avec plus ou moins d'affection, et pourtant, s'il avait raison ? Siméon est peut-être un Socrate nouveau que l'on portera au pinacle, un jour ou l'autre, va savoir. Pour l'instant, il mène son âne. Il ne sait pas qu'il sait que le vrai et le faux sont des notions trop fluctuantes pour que l'on puisse s'y fier. Blaise est-il mort ? C'est discutable. Son cadavre me dit que oui, et sa voix m'affirme que non. Et si le sacro-saint réel n'était qu'un fantôme sans tête, un tyran sans contours, un vent que l'âne pète, une machine à seriner ces quelques mots désespérants : "C'est ainsi et pas autrement" ? C'est ainsi vu de ton balcon, mais des balcons, il en est d'autres, ouverts sur mille paysages que tu ne peux voir, d'où tu es ! Qu'en penses-tu, dis, Siméon ? Il n'en pense rien, il s'en fout. La roue grince et l'âne fatigue, faudra désherber le jardin, prendre du pain chez Amélie, voilà ce qui le préoccupe. Siméon ne connaît que les réalités au pluriel innombrable, les intempéries, les saisons, la vie à tout instant changeante, la vie partout cachée, la vie partout présente, insaisissable, inattendue, aujourd'hui non et demain oui, parfois muraille, parfois porte, infinie comme Dieu sait qui. La vie est infinie, mon Blaise, rends-toi compte ! Nous lui ferons l'amour ensemble et nous la mettrons en chansons, dans notre soi-disant prison. Ne réfléchis pas, imagine. Si tu veux aimer, c'est plus sûr. Le vrai, le faux, le blanc, le noir ? Regarde comme ils valsent, regarde comme ils jouent. N'est-ce pas beau ? Tout est possible. Le Tout-Possible, sacrénom, le contraire du Tout-Puissant ! Il n'a qu'une réponse à toutes nos questions : "Pourquoi pas, mon petit", "Pourquoi pas, vieille femme". Siméon, tu es un grand homme et un idiot bouleversant. Tu ne mesures pas vraiment la profondeur de mes pensées, pardon, des tiennes, évidemment. »

– Laisse-moi devant la mairie, retourne au hameau, lui dit-elle.

Elle l'embrassa sur les deux joues comme on fait sur un quai de gare. Siméon en parut surpris mais tourna bride sans un mot.

Comme elle le regardait traverser, cahotant, la lumière du soleil neuf, en haut des marches du perron apparut la grosse Louison, l'épouse de monsieur le maire, Pierre Mordu, dit le Caillou. Elle sortait, parfumée de frais, nez en poudre, rouge baiser, foulard sous le double menton.

– Félicité, quelle surprise !

– Ton homme est là ?

– Oui, montez donc. Il est à la salle de bains, il débouche le lavabo, ça fait trois fois, c'est plus possible, va falloir changer les tuyaux. Je ne vous accompagne pas, j'ai rendez-vous avec Lucienne.

Et minaudant à son oreille :

– Elle va me tirer les tarots.

Un au revoir aux doigts et la croupe houleuse elle envahit au pas de charge la place à peine réveillée.

Félicité, un court instant, fit halte dans l'ombre du seuil, et se rajustant le manteau : « Je l'appelle comment ? “Pierre”, ou “monsieur le maire” ? Je fais le cul pincé ou la maman flapie ? Il a toujours eu peur de moi. Qu'il continue, ça me rassure. “Mon cher petit ?” Non. “Mon garçon, c'est plus sobre. Après tout je l'ai connu jeunot.” Je lui demanderai conseil. Évidemment, comme toujours, il ne saura pas que répondre. Il se grattera le menton. Il le faisait déjà au cours élémentaire. Les questions les plus enfantines comme deux et deux ça fait quoi lui attiraient l'œil au plafond. Il restait là, à supplier le dieu des écoles publiques d'arrêter de lui faire mal. Enfin bref, je lui dirai donc comment un maire, en l'occurrence, doit agir sans faute de goût. Avant d'appeler les gendarmes, qu'il me laisse aller voir Paula. Annoncer à cette goulue que j'ai assassiné son frère est la moindre des courtoisies. Il comprendra, c'est un paisible. À vrai dire, tout doux, tout simple, il ne l'a pas toujours été. Gamin, il gravait au canif de grosses zigounettes à boules sur les platanes de la cour, parmi les initiales et les cœurs enlacés. »

Elle gravit l'escalier, les genoux grimaçants jusque sur la figure. En haut, l'appartement ombreux. Silence des lieux sans enfants. Le palier, la cuisine à droite. À côté, le salon vieillot que Louison n'aérait jamais. Porte ouverte au bout du couloir. Plein jour sur la salle de bains. À l'instant d'entrer, elle fit halte. À trois pas devant, le chantier : le lavabo environné d'un tas d'outils hors de combat, et le maire accroupi dessous comme un musulman en prière, le cul omniprésent vêtu d'un bermuda et d'un marcel trop court qui laissait deviner la naissance des fesses. Ils paraissaient peiner, lui et sa clé anglaise, à convaincre le vieux siphon de s'ouvrir à des temps nouveaux. Ses insultes à l'objet rétif mêlées de râles gutturaux de samouraï méridional amusèrent Félicité. Le pauvre était tant acharné à mater une fois pour toutes ce putain d'égout familial qu'il ne l'avait pas entendue. Et le fait est qu'à l'évidence, si elle ne se décidait pas à proférer un bruit d'une certaine ampleur, par exemple un rugissement de lionne accueillant son mâle, elle pouvait sans qu'il en voie rien prendre un bain à côté de lui. Elle se décida donc non pas pour un bruit simple, mais pour un geste de bon cœur, une sorte de facétie à vrai dire incompréhensible, quoique aimablement spontanée. Elle saisit le premier objet qui lui tomba sous la main droite. C'était une brosse à long manche, instrument par ailleurs précieux pour qui veut se gratter l'entre deux omoplates inaccessible aux savonnettes. Elle en tapota le fessier, toujours aussi proéminent, du chef de la majorité, tout en joignant ces quelques mots aux petits coups sur la personne :

– Allons, mon garçon, il est l'heure, tu vas arriver en retard !

Cause anodine, effet proprement foudroyant. L'élu municipal, surpris, se releva si vivement qu'il oublia le lavabo. Son crâne n'était pas de taille à détacher l'objet du mur et l'emporter, dans son élan, à la hauteur d'un homme adulte. Il s'assomma deux fois, tout d'abord à l'aller d'un coup sur l'occiput, puis au retour brutal quand le front rencontra le sol indifférent. Il en resta plus que jamais prosterné sur le carrelage. La figure froissée comme sous une baffe, « houla, que ça fait mal », pensa Félicité. Elle ne trouva pourtant à dire que ces mots inappropriés :

– Réveille-toi, mon Pierrounet, ce n'est pas l'heure de la sieste !

Elle se pencha sur lui, retapota ses fesses. L'affalé n'en fut pas le moins du monde ému. Alors, grognonne, inquiète aussi, oubliant ses fémurs plaintifs et ses vieux genoux acariâtres, elle s'accroupit, risqua un œil sous le lavabo maléfique et vit que des cheveux saignaient. « Voilà, je l'ai tué, se dit-elle. Et de deux. Un coup de brosse et hop, adieu. » Elle retint un sanglot soudain, s'agrippa, pour aider ses os à retrouver leur altitude, au porte-serviettes mural qui, du coup, quitta sa cloison avec ses vis poudrées de plâtre. Heureusement, la vieille dame était déjà presque debout. Elle épousseta son devant et jeta l'arraché du mur parmi les outils dispersés, ce qui, du coup, changea ce lieu voué aux parfums de toilette en décor de meurtre sordide perpétré contre un bricoleur en tenue de congé payé. Elle accourut à la fenêtre, l'ouvrit grande et cria :

– Louison !

L'interpellée n'entendit pas. Lucienne et son tarot magique lui prophétisaient du bon temps, à quelques ruelles de là. Par contre, neuf heures sonnaient, et comme tous les jours ouvrables la secrétaire de mairie (elle arrivait à mobylette de chez sa mère, où elle vivait) s'arrêtait au pied du perron à l'instant même où, à l'étage, l'appel à la mairesse absente sortait de la salle de bains. La silhouette endimanchée de madame Félicité à la fenêtre de ce lieu où les maires, même amicaux, n'ont pas coutume d'accueillir les dames en chapeau à voilette laissa la jeune fonctionnaire la bouche ouverte, les yeux ronds et une idée de téléphone entre l'oreille et le menton. Elle parvint à couiner :

– Oui ? C'est à quel sujet ?

Félicité lui répondit :

– Appelle le docteur, petite, c'est urgent. Ou plutôt

non, ne bouge pas, envoie des gosses le chercher, ils courent plus vite que toi.

L'autre, en bas, tout à coup fébrile, mobilisée, prête au combat :

– Pierre est malade ? Il est au lit ? Il a pris sa température ?

– Il s'est un peu fêlé le crâne. Il saigne de la calvitie. Pas de quoi remplir la baignoire mais en passant devant l'église, qu'ils ramènent aussi le curé.

– Monsieur le curé ? Doux Jésus !

– Ton Jésus aussi, s'ils le trouvent. Plus on est de fous, plus on rit. Non, je me trompe de proverbe.

Avant qu'elle ait trouvé le bon, voilà Mado, la secrétaire, au seuil de la salle de bains, échevelée par le vent frais venu aussi en mobylette.

Temps d'arrêt, coup d'œil circulaire. Elle ne put voir, de l'affalé, que la partie basse du corps, mais on ne trompe pas Mado : pas de doute, c'était Pierrot. C'est d'ailleurs ce diminutif qui sortit d'abord de sa bouche tandis qu'elle tombait à genoux, les mains errantes aux alentours du bermuda municipal :

– Pierrot, mon chéri, parle-moi.

Exiger un discours d'un assommé sanglant fait partie, on le sait, du registre banal des amoureuses émotives. Félicité savait cela, et donc elle n'en fut pas troublée. Elle crut bon cependant de refroidir la fièvre qui risquait d'enflammer, si l'on n'y prenait garde, la famille et ses environs.

– Le docteur ne va pas tarder. Louison, à mon avis, non plus, si tu vois ce que je veux dire. Qu'elle te trouve aux soins de son homme, c'est bien aimable, pourquoi pas. Mais à genoux, le nez à deux doigts de ses fesses, même habillées d'un short de footballeur hindou, je crois qu'elle l'avalerait mal.

Mado se releva d'un bond, mais ni par crainte de Louison ni par souci des convenances.

– Pierrot m'aime, dit-elle avec l'autorité d'une dévote militante. Je le sais. Il me l'a prouvé.

Félicité, l'œil égrillard, s'apprêtait à lui demander d'intéressantes précisions, quand un gémissement discret monta de sous le lavabo. Les deux femmes plongèrent ensemble. Le presque mort entrebâilla une paupière mollassonne. Mado, accroupie, murmura :

– Tout va bien, Pierrot, je suis là.

Alors, dans un soupir de retour à la vie, des lèvres décollées sortit ce mot fatal :

– Louison, ma poupée russe, je te vois toute floue.

Sursaut, raidissement, gel de l'expression tendre. Évidemment, dès que l'on entre dans l'inventive intimité des surnoms de bouche à oreille (ma poupée russe ! A-t-on idée !), il arrive que l'on s'expose à d'imprévisibles stupeurs. L'amante répondit à voix assez sonore pour réveiller un endormi :

– Non, je regrette, c'est Mado, ta secrétaire de mairie. Je précise, on ne sait jamais, avec ta caboche en compote, tu pourrais l'avoir oublié.

Elle se releva prestement, remit de l'ordre à son corsage, et le front haut :

– Bon. Je descends.

Félicité aida Pierrot à s'asseoir contre la baignoire, puis jetant un coup d'œil dehors :

– Voilà le docteur, grogna-t-elle. Et la Louison. Et la marmaille. Et le curé qui court derrière. Ne manque plus que la fanfare et les majorettes en tutu.

Presque tous s'arrêtèrent au milieu de la place où étaient un platane et des bancs pour les vieux. Seul le médecin armé de son cartable et Louison trottant devant en s'épongeant le front s'engouffrèrent dans la maison.

À peine sur les lieux du meurtre supposé, la mairesse, voyant son époux installé, la calvitie dégoulinante mais l'œil à peu près à l'endroit, reprit confiance, pour le coup, en un avenir présentable. Or on sait que, l'effroi passé, le ressentiment se réveille. Bref, son mari n'étant pas mort, elle pouvait célébrer le rite volcanique de l'engueulade libérée.

– Qu'est-ce que tu as encore fait ? rugit-elle, dominatrice, le mouchoir dans le poing brandi et le nombril tempétueux. Je ne peux pas te laisser seul sans que tu me lâches une bombe. Je fais tout ici, je me crève, et ma récompense, c'est quoi ? Une salle de bains lessivée de la veille changée en garage à vélos. Vraiment, tu es décourageant.

Son mari ne répondit pas. Il se contenta simplement de dodeliner de la tête en demandant au carrelage où était passé son stylo. La bouche de Louison se remit aussitôt à bafouiller des mots sinistrés par l'angoisse. Les sourcils en toit de maison, elle demanda :

– Docteur, vous l'avez entendu ? Il déambule, le pauvret.

Le médecin laissa aller un grognement préoccupé, s'enferma dans son stéthoscope, ausculta derrière et devant, palpa la plaie du bout des doigts, l'épongea d'un coin de compresse et contempla l'état des lieux avec un drôle de rictus difficile à interpréter. Les deux femmes se regardèrent, un regain de souci aux yeux, mais l'autre conclut sèchement (il était le porte-parole des opposants municipaux) que monsieur le maire Mordu avait pris une sacrée beigne, ce qui lui fit hocher la tête en riant d'un air connaisseur, et qu'il devait se reposer. Après quoi, bouclant son cartable et la tête déjà dehors, il demanda comment son patient avait fait pour s'esquinter l'entre deux yeux en même temps que l'occiput.

– Oh, mon pauvre monsieur, lui répondit Louison, les yeux enfuis au ciel, vous ne pouvez pas savoir de quoi il est capable.

Et se tournant, à bout de voix, vers l'institutrice honoraire :

– Vous étiez là, vous avez vu.

Félicité conta brièvement l'affaire, omit la brosse à manche long qu'elle avait remise à sa place avant l'arrivée du docteur, puis évoqua à mots gentils une distraction passagère. Monsieur Mordu avait simplement oublié qu'il était à peu près comme un spéléologue sous un plafond plus bas que lui.

– C'est de ma faute, conclut-elle. Il a voulu venir à moi, et il s'en est allé aux pommes, comme on dit chez les jardiniers.

Le médecin sourit à peine, proposa d'aider vite fait à mener le bonhomme au lit, tandis que la mairesse, à nouveau combattante, abandonnait Félicité au long couloir mal éclairé.

– Je vous laisse aller, lui dit-elle, vous trouverez bien le chemin.

L'autre lui répondit d'un coup de bras viril peu courant chez les vieilles dames, et se risqua dans l'escalier. À l'instant où elle atteignait le paillasson du bas des marches, lui tomba sur le dos cet appel au secours :

– Mado, où es-tu ? Viens m'aider ! Qu'est-ce qu'il est lourd ! C'est un faux maigre.

Et tandis que Félicité sortait enfin, soupirant d'aise, de son cauchemar matinal, derrière elle, ce cri vaillant :

– J'arrive, madame Louison !

De l'autre côté de la place était Paula dans son bistrot.

– Toi, ronchonna la vieille dame, désignant la porte vitrée, tu ne bouges pas. Tu m'attends.

Elle fit halte un moment à l'ombre du platane, s'assit au bout du banc, rajusta son chapeau, ferma les yeux.

– Blaise ? dit-elle.

– Oui, répondit la voix amie.

– J'espère que tu n'es pour rien dans ce pataquès ridicule.

Rire incrédule dans les branches.

– Me prenez-vous pour un sorcier ?

Elle leva le front, méfiante.

– Sait-on jamais, avec les morts.

Blaise sauta sur son épaule et dit, léger, content de tout :

– Je n'ai aucun pouvoir sur les êtres vivants, ni sur les vents, ni sur les pluies, ni sur la pousse des radis. Vos accidents, vos manigances, vos complots de bric et de broc ne sont, pour un désincarné, qu'un spectacle sur un écran, un film que l'on regarde avant de retourner à notre heureuse pauvreté. Car un mort, par nature, est pauvre, et pourtant, voyez-vous, il ne lui manque rien. Une pensée utile, en passant, chère amie. N'oubliez pas de la noter sur votre cahier de chevet : la richesse, la vraie, ce n'est pas l'abondance, c'est l'absence d'avidité.

– Allons, ne fais pas le benêt. Tu es dehors, tu es dedans, tu me suis partout comme une ombre. Pire et peut-être mieux : comme un homme invisible. Tout compte fait, c'est agréable, je te supporte volontiers.

Blaise ne lui répondit pas. Félicité se tut aussi. Enfin, les sourcils en bataille, elle se dressa debout, elle tira sur ses manches et visa, droit devant, le bistrot Chez Paula. Alors Blaise lui murmura :

– L'amour fait d'étranges miracles. Je suis mort, et ne le suis pas. Je veille sur vous. J'aime ça. Vous sentez bon le lit, madame, et je vous trouve bien jolie.

Elle lança, faussement sévère :

– Jolie ? Allons, je sais encore me regarder dans un miroir. Flatte-moi, mon ami, j'en ai bien du plaisir, mais veille à rester vraisemblable.

Elle poussa la porte à clochettes, fiérote comme au bras d'un apollon rural.

Le café était presque vide. Il sentait la bière pression et le ménage vite fait. Paula seule occupait les lieux, penchée sur une table en marbre envahie de papiers froissés. Elle tourna sa figure flasque vers l'air frais qui venait d'entrer et aussitôt s'illumina, si tant est qu'un sourire jaune environné de cheveux gras puisse éclairer quoi que ce soit.

– Félicité ! Vous tombez pile, c'est le bon Dieu qui vous envoie !

– Paula, il faut que je te parle.

– Moi aussi. Asseyez-vous donc. Qu'est-ce que je vous offre ? Une bière ? Un verre d'eau ? Une infusion ?

Elle trotta au comptoir, remua des bouteilles. Elle opta, faute de réponse, pour la camomille en sachet.

– C'est Blaise qui m'envoie, risqua Félicité.

Et tripotant nerveusement le fermoir de son sac à main :

– Enfin, c'est façon de parler.

– Qu'a-t-il encore fait, ce chien des Baskerville ?

Elle avait aperçu ce roman démoniaque à la couverture illustrée sur un guéridon de terrasse, une après-midi de mois d'août. Son nom sortit entre ses dents comme une insulte distinguée. Elle posa sur la table une tasse d'eau chaude où flottait du jaune pâlot, puis chassa Blaise de la main comme une mouche inopportune. Elle dit encore :

– Je m'en fous. Il y a, pour l'instant, plus urgent.

– Non, dit Félicité. Je t'assure, Paula.

Ton grave mais inefficace.

– Oh que oui, lui répondit l'autre, les bras croisés sous ses seins lourds.

Elle s'effondra soudain plus vite qu'elle n'avait pris de la hauteur. Comme un barrage rompt à bout de retenue elle laissa aller, démolie, les yeux tombés sur les bajoues :

– Cette putain de lettre (pardonnez-moi le mot) qu'il me faut envoyer avant demain matin à cette compagnie de merde qui nous prend je ne sais combien pour assurer mon Ferdinand, voilà l'urgence de Paula, de son homme et de son bistrot.

– Explique, dit Félicité, en essuyant discrètement l'ondée de postillons qui embrumait sa vue.

Et dans un soupir résigné :

– Après tout, Blaise peut attendre, il ne partira pas tout seul.

Et tandis qu'elle laissait refroidir son eau chaude parfumée d'un soupçon de rien, Paula, débondée, volubile, son bout de torchon sous le nez, lui confia que son mari, maître-maçon de son état, avait été victime d'un horrible accident je-ne-vous-dis-que-ça, et qu'il lui fallait rédiger la déclaration de sinistre à l'impitoyable assureur, qui sans doute refuserait de lui verser le moindre sou si son bafouillis plein de fautes et d'expressions mal ajustées n'avait pas au moins la moyenne.

– Aidez-moi, je vous en supplie, vous qui savez dire les choses. Ils veulent de l'indiscutable, du précis, du détail qui tue. Et moi, pauvrette, je patauge, et le temps presse, et je m'affole, et Ferdinand me crie dessus.

– Nous parlerons de Blaise, après ?

– Dès que j'aurai collé le timbre.

– Passe-moi ton crayon et une feuille propre. J'ai dit : propre. Merci beaucoup. Parle, ma fille, je t'écoute, et fais vite, je suis pressée.

Paula se mit en train d'un remuement de fesses, puis le dos droit, les yeux fermés, concentrée comme une voyante pénétrant dans la nuit des temps :

– *Cher monsieur l'assureur en chef.*

Elle eut un clin d'œil entendu.

– Je crois qu'il vaut mieux s'adresser au premier clairon qu'au sous-fifre, c'est plus sûr, un chef, ça comprend. Vous êtes d'accord avec moi, ça va de soi.

– Marche, Paula.

– *Voici donc les événements qui ont failli mortaliser le rescapé qui vous écrit.* C'est Ferdinand qui fait la lettre.

– J'avais compris.

– Bien sûr. Pardon. *Je me trouvais donc à l'ouvrage dans la maison presque bâtie d'un retraité de Perpignan. Presque, pas tout à fait, je suis maître-maçon. Si elle avait été finie, j'aurais juste fermé la porte, et adieu Berthe, bonne année. Mais revenons à nos malheurs* (soulignez « malheurs », double trait, faut qu'il pleure, ce salopard). *J'étais tout seul sur le chantier avec sur les bras, à l'étage, une cinquantaine de briques qu'il me fallait descendre au sol.* « Sur les bras », c'est bien, vous croyez ? Il ne les tenait pas, bien sûr, entre les mains et les épaules. Cinquante briques, vous pensez !

– Continue, Paula, tiens ton rythme, en petites foulées, c'est bien.

– *Me les coltiner sur le dos, si je peux éviter, j'évite. L'effort, d'accord, mais minimum. Je cherche une idée. Elle me vient. Attention, c'est là qu'il faut suivre. Je fixe un bout de poutre armé d'une poulie en haut du bâtiment. Dans la gorge de la susdite* (ça fait fonctionnaire, « susdite », c'est mieux que répéter « poulie ») *je passe une corde assez longue pour que ses deux extrémités tombent sur l'herbe, au bas du mur. Je descends par la grande échelle. J'attache un vieux tonneau à l'un de mes deux bouts. Je le monte à l'étage où est le tas de briques. J'enroule l'autre bout autour d'un amandier pour que le barricot reste sage, là-haut. Je grimpe le rejoindre. Je le remplis au ras. Je m'en retourne en bas pour détacher la corde et amener le chargement, tranquille, au pied de l'amandier. Mais il était trop lourd, ce putain de tonneau. Le voilà qui descend et qui me tire en l'air. À mi-chemin, on se rencontre. Bonjour monsieur, bonjour tonneau. Il me tape un coup sur l'épaule à me niquer la clavicule et la viande des environs.* Non, pas « niquer », « casser » suffit, quoique « casser », c'est moins terrible.

– Ne te désunis pas, Paula.

– *Je monte en flèche. En haut, la poutre. Elle m'attendait. Elle me reçoit. Le nez m'en rentre dans le cou, cher monsieur l'assureur en chef, et je me prends quatre ou cinq doigts dans la gorge de la poulie. Alors là, ça fait mal. Très mal. Mais je n'ai pas le temps d'appeler ma maman* (il adore sa mère et c'est bien qu'il en parle, ça fait humain, c'est émouvant). *Le tonneau s'affale dans l'herbe. Il aurait pu se reposer, mais non, misère, le fond craque. Les briques se répandent en vrac. Du coup, il ne pèse plus rien. Il remonte. Je redescends. Bonsoir monsieur, bonsoir tonneau. En passant, il me pète un bras. À ce niveau d'adversité, inutile de s'émouvoir, on attend avec dignité que les planètes se rallument. Je me vautre en plein sur le tas. Je lâche la corde. Elle s'envole. J'entends descendre le tonneau. Il me tombe droit sur la tronche. Je me réveille à l'hôpital. Veuillez agréer l'assurance, cher monsieur l'assureur en chef, de mes sentiments démolis.* Ferdinand signe, moi aussi, et tout est bien qui finit bien, comme vous disiez à l'école.

Elle but goulûment la tisane sous le nez de Félicité, puis claqua du bec, rayonnante, et tendit cinq doigts remuants à l'exercice épistolaire que l'institutrice honoraire concluait d'un point appuyé.

– Montrez-moi, dit-elle. Oh, c'est bien ! Mais vous avez fait court, je trouve.

– J'ai résumé. Et Ferdinand ? Je me souviens de lui, toujours en fond de classe. Il était déjà de ces gens qui attirent les giboulées. Pauvre petit ! Il suffisait qu'il oublie sa casquette au clou pour qu'on se dise : « Il va pleuvoir. » Il est encore à l'hôpital ?

– Ils n'ont pas voulu le garder, il n'était pas assez mourant. Pensez, des médecins qui parlent le savant comme moi le français moyen ! Ils avaient vraiment mieux à faire que de rebâtir un maçon. Ils ont plâtré sa patte, ils l'ont emmailloté, et retour en auto-sirène au paradis des apéros. Et voilà, maintenant, il n'est que tout à moi !

Elle posa tendrement ses mains entre les seins et le menton, eut un gloussement de poulette, puis le regard dehors :

– Oh, qui voilà ! dit-elle.

La clochette tinta soudain à son plus haut niveau d'alerte. Constance bouscula la porte la première, Édouard la franchit, l'œil hagard, et Clément d'une talonnade la fit claquer en coup de vent. Ils arrivaient de la mairie. Mado leur avait tout appris de l'accident municipal. La moitié du fagot d'angoisses s'en était allée en fumée. Restait Paula, la sœur terrible. Constance lui fila devant sans un regard à sa figure et fonça sur Félicité. Elle la serra contre son flanc face à la salle à peu près vide qu'elle toisa d'un air menaçant. La bistrote vint aux deux autres en minaudant d'un peu partout. Elle ne paraissait pas plus endeuillée qu'une oie.

– Que vous sers-je, messieurs-madame ?

– Bonjour, lui répondit Édouard.

Il voulut poursuivre. Il ne put. Clément lui vint à la rescousse :

– Votre frère est parti, Paula. Il a choisi (comment vous dire ?) l'amour lointain d'une inconnue qu'il a dénichée, semble-t-il, parmi les petites annonces de je ne sais plus quel journal.

– *Le Chasseur français*, dit Édouard.

Paula aurait pu s'étonner, poser des questions bafouillantes, s'asseoir en tas, les bras ballants. Mais non. Minute de silence, digestion de l'information et transfiguration soudaine de la dame. Rafale de signes de croix. Coup d'œil béat au plafond bas.

– Blaise, parti ! dit-elle enfin. Depuis le temps que j'espérais ! La bicoque qu'il occupait, bien qu'elle soit mienne autant qu'à lui (je vous le rappelle en passant), j'avais décidé de la vendre. Je risquais un procès, d'accord, s'il faisait sa trogne d'emplâtre. Mais j'avais dit à Ferdinand : « Je sens le moment favorable. » Je ne sais pas pourquoi. Le pif. Eh bien vous n'allez pas me croire, un jeune couple d'Allemands vient cette après-midi tout exprès de Berlin visiter la maison de la cave au grenier. Ils veulent en faire, paraît-il, une ferme spirituelle. Dieu m'adore. Je le savais.

Et balayant l'air à la ronde :

– Apéritif ! C'est ma tournée !

5

Constance, Édouard, Clément, soudain sur le qui-vive, entourèrent Félicité comme pour protéger son corps d'un bombardement imminent. Les deux hommes glissèrent un siège sous ses fesses. Leur compagne, l'œil occupé par la possible apparition d'un fantôme dévastateur, voulut tapoter l'épaulette de l'institutrice honoraire, façon de dire : « Je suis là », mais distraite par l'alentour elle ne fit qu'enfoncer son chapeau à voilette un peu plus bas que les sourcils. Conciliabules brefs, fébriles, les fronts joints. Édouard, en meneur motivant :

– Constance, calme-toi, pas besoin de courir. Nous avons trois heures d'avance.

– Je suis calme, chéri. Oh pardon, je pensais à Jerry, le fils américain de ma petite sœur. Je me tais, décidez entre hommes.

L'anesthésiste, impatiemment :

– Les Allemands débarquent. Très bien. Où est le mal ? Ils n'envahissent pas, ils jettent juste un œil.

L'important, c'est qu'ils ratent Blaise. Planquons-le donc où il voudra.

La même (Constance, bien sûr) :

– Il s'en fout, Blaise, franchement, Clément, je sens que tu paniques. Ce n'est vraiment pas le moment.

– Blaise ? conclut Édouard. Au fond de la remise, sous la bâche de la charrue, en pénitence une heure ou deux. C'est pas grave, il n'en mourra pas. Les Allemands ? Bonjour cousins, visite au petit trot de la bicoque à vendre et rendez-vous l'été prochain à la ferme spirituelle pour un stage d'amour avec travaux pratiques. Tiens, ça, c'est une idée. Bref, les teutons repartent. On remet notre Blaise au lit, et le problème reste blème. Je veux dire : qu'est-ce qu'on en fait ?

Braillement joyeux de Paula, tandis qu'elle farfouillait à grands envols de bras sur les hauteurs des étagères :

– Des jeunes Berlinois. Je ne les connais pas. J'espère qu'ils parlent normal.

Elle dénicha une bouteille à l'étiquette bariolée, la brandit haut, cligna d'un œil.

– Le quinquina de mon grand-père ! L'apéritif des vieux soldats !

Et la tête dans l'escalier :

– Ferdinand, tu dors ? Viens trinquer ! Eh non, le pauvre, il ne peut pas.

– Des Allemands ! Tudieu, grinça Félicité, je croyais la guerre finie.

Et prenant à témoin du scandale inouï les guéridons déserts jusqu'à l'ombre du fond :

– Pas du tout, ils en redemandent !

Un soupir excédé fit gonfler sa voilette. Constance lui jeta un coup d'œil consterné.

– Je crois qu'elle déraille, dit-elle à la joue râpeuse d'Édouard.

Elle vint au-devant de Paula, et désignant la vieille dame :

– Elle ne va pas bien. Nous rentrons. L'apéritif ? C'est bien aimable. Je vous prends la fiole, merci, nous le boirons à la maison.

C'est à l'instant où la bistrote serrait à l'abri de ses seins son patrimoine menacé que le tintement de clochette attira les regards dehors. Entrée soudaine mais joviale des deux gendarmes communaux. Salut d'un index au képi. Godillots lourds, droit au comptoir, itinéraire habituel. Avant l'arrivée de la bière à portée de main, sur le zinc, vague coup d'œil de Célestin aux quelques occupants de l'ombre farouchement compacts, prêts à sortir groupés. Surprise, bras ouverts, épanouissement de la face rougeaude :

– Que vois-je là ? Regarde, Eugène, c'est madame Félicité et son ami monsieur Édouard, de la police parisienne !

– Hé, hé, fit l'autre, bêtement.

– Justement, reprit Célestin, nous allions à l'instant faire le plein d'essence avant de pousser le vélo, tout à l'heure, jusque chez vous.

Et le menton soudain haussé, les pouces dans le ceinturon :

– Affaire résolue, monsieur le commissaire. Notre Blaise est vraiment parti rejoindre une friponne urbaine. J'ai trouvé sa petite annonce, mais pas dans *Le Chasseur français*.

Petit rire gaillard des Célestin-Eugène. Enfin, à l'unisson :

– Dans *Frou-Frou magazine*, la revue des danseuses nues.

Explications rieuses à demi-mots grivois, clins d'œil, allusions lourdes. Félicité, dressée debout, statue de la sévérité teintée de souffrance muette, entendit, puis n'écouta plus.

Elle recula au coin du mur. Elle murmura simplement :

– Blaise ?

La voix de l'appelé répondit :

– Je suis là.

Il paraissait penaud. Il avoua :

– J'ai honte.

Et tout à coup plaintif :

– C'est la faute au coiffeur. J'étais, l'autre matin, dans sa boutique vide, avec mon plafond broussailleux. Il avait une course à faire. Il m'a dit : « Tiens, en m'attendant, fais-toi rêver le rossignol. » Il m'a jeté sur les genoux ce foutu journal jamais vu. Je vous jure, Félicité, je n'imaginais même pas que des artistes aussi proprettes puissent me défiler devant. C'était troublant, facile à lire. Pas de texte, que des photos, sauf à la fin. Page d'annonces. Alors là, déjà j'avais chaud, je me suis senti envahi par des bourdonnements d'oreilles à vous faire entendre la mer. Des femmes me disaient tout cru qu'elles avaient froid, la nuit venue, toutes seules dans leur nuisette, et qu'elles m'attendaient, ces houris, moi qui gelais dans mon pucier ! J'ai écrit, j'ai candidaté, j'ai attendu. Pas de réponse. Je suis mort trop tôt, sûrement.

Félicité lui répondit, un soupçon de rancune aux dents :

– Tu aurais pu, tu aurais dû, par simple amitié, m'en parler.

Et s'énervant, couinant menu :

– M'en faire profiter, que diable ! Imagine-nous, toi et moi, lisant *Frou-Frou* sous l'édredon !

Elle soupira, sourit au ciel.

– Seigneur, quel roman, quelle bible, quel livre de philosophie, dites-moi, peut rivaliser avec un *Frou-Frou magazine* lu au lit avec l'être aimé ?

– Oh, madame Félicité, vous ne savez pas à quel point vous pouviez être inaccessible !

La vieille dame ouvrit la bouche pour lui répondre on ne sait quoi. Elle en fut empêchée par un long hurlement parti de la mairie, passé sous les oiseaux de l'antique platane et finissant sa course au seuil de Chez Paula.

Le bruit de la porte poussée ridiculisa la clochette. Mado, époumonée :

– Les A… les Allemands !

Clément, catastrophé de l'œil et de la voix :

– Putain, ils ont fait vite.

Il usait rarement d'apostrophes grossières, mais là, le mot sortit sans qu'il y puisse rien.

Paula :

– Retenez-les, je vais changer de robe et me maquiller le museau.

Félicité, dressée, s'arrachant le chapeau et le jetant au large :

– Et voilà que ça recommence ! En quarante-deux, trois avril, pendant la dictée du matin, même cri de sirène au travers de la place. Les Allemands ! Non, là, c'est trop. Et cette fois ils osent envahir le hameau. Les enfants, va falloir qu'aux armes citoyens !

Constance, à Célestin :

– Ce n'est rien, elle plaisante.

Et l'autre :

– Non, elle se souvient.

La messagère enfin, l'ardente secrétaire, l'amante de Pierrot, les yeux étincelants, perchée comme une pie au-dessus du tumulte :

– Le chauffeur de taxi vient de téléphoner. Ils ont eu comme un accident. De voiture et pas de voiture. De la route, voilà, c'est ça. Mais maintenant, ça va. Ils sont à l'hôpital.

Elle rit, la main devant la bouche, comme une luronne

gênée. Constance, ancienne secouriste, sourcils froissés, prête à partir :

– Ils sont blessés ?

– Un peu. Elle, non. Lui, je crois. Mais j'ignore si ça fait mal. C'est normal, je suis une fille.

– Un peu, beaucoup, dit Célestin, de voiture et pas de voiture, ils vont bien mais à l'hôpital, c'est une fille, c'est normal. Tu comprends quelque chose, Eugène ? Moi, je patauge dans l'étang. Oui, bon, c'est une métaphore. À mon humble avis, elle a bu.

Clément :

– Asseyez-vous, Mado. Libérez-vous, riez, pleurez. Vous venez de subir le traumatisme simple à propos duquel fut forgé cet adage multifonction : « Si vous n'en mourez pas sur l'heure, demain vous en serez plus fort. » Vous êtes vivante. Bravo. Buvez un coup de quinquina.

Paula, la bouche arquée, redevenue revêche :

– Celui-là, je regrette, il faudra le payer, c'est de l'apéritif de luxe, et puis bon, si je ne m'abuse, Mado n'était pas invitée.

Clément :

– Écartez-vous, que diable, vous l'empêchez de respirer. Vous vous sentez mieux ? Racontez.

– Je vous préviens, c'est du spécial.

À nouveau elle pouffa. Silence.

– Eh bien voilà, dit-elle enfin. D'après le chauffeur de taxi (je n'étais pas là, je rapporte) ils ont quitté l'aéroport à peu près je ne sais pas quand, tout à l'heure, de bon matin. Jusqu'à la sortie de Toulouse, pas de chat noir dans le moteur, conduite d'une main, le coude à la portière, façon promenons-nous Lison. Les Allemands, sur la banquette, se papouillaient un peu partout, mais gentiment, comme on peut faire au dernier rang du cinéma. Et puis voilà que ça gémit, ça se déjupe, se déveste, se dévaste aussi, c'est trop bon, ça n'en peut plus, ça dégénère et fatalement ça déborde. Le lait sur le feu, vous voyez ?

Frétillement de la donzelle, joues allumées, œil pétillant, le front rapproché des voisines :

– Vous voyez la scène, les filles. Pas besoin de faire un dessin. À mon avis, c'est l'air d'ici. Il doit être un peu aphrodique. À ce que m'a dit le chauffeur (je le connais bien, Alexandre, il me sifflote dans le cou. Rien de sérieux, rassurez-vous), comme ils roulaient le long du canal du Midi, l'Allemand se dépantalonne, madame plonge à l'entresol et se met en devoir, pour parler poliment, de lui jouer Manon à la flûte coquine. Tel quel, ce sont les mots d'Alex, mon ami taxi. Il m'adore. Du coup, choqué, il se retourne pour leur faire ses compliments. Ses compliments, si l'on peut dire. Il n'était pas content du tout, il pleurait presque au téléphone. Et c'est là le moment cruel.

Temps mort de conteuse canaille. Dégustation du quinquina, mouchoir aux deux coins de la bouche. Constance, impatiente :

– Et alors ?

– Comment appelle-t-on ces hop-là du bitume qui forcent les voitures à presque s'arrêter ? Des gendarmes couchés ? Excusez-moi, Eugène. Des ralentisseurs ? Vous croyez ? Bref, à l'instant précis où ce pauvre Alexandre, l'œil (comme on dit) réprobateur, oublie de regarder devant, voilà sous le taxi une bosse imprévue. Il ne l'avait pas vue venir. Sursaut de haut en bas et réciproquement dans la chambrette des amants. L'apothéose était en vue, plus qu'un aller-retour, un souffle, Dieu était là, il attendait avec sa fanfare angélique, quand soudain, hurlement de loup. Un coup de mâchoire allemande venait de raccourcir l'époux.

Félicité, assez contente :

– C'est pittoresque. Continue.

– Je vous passe l'affolement, le retour comme en ambulance, klaxon bloqué, du sang partout, l'hôpital, la salle d'attente, les plaisanteries des docteurs. Alexandre explique tout bien, puis repart le cœur sur la tête et les yeux à côté des trous. Mettez-vous à sa place, il craint pour son permis de chauffeur régional. Il rejoint sa voiture au parking des urgences. Deux infirmiers sont là, qui zyeutent la banquette, des fois qu'ils trouveraient un gri-gri sexuel inconnu au pays des hommes. Je ne vous mens pas, c'est honteux. Ils lui ont dit : « C'est ça, ta guillotine à bite ? » Franchement, c'était pas gentil. Il a peur que les Allemands (sait-on jamais, avec ces gens ?) portent plainte au conseil des chefs européens et l'accusent de coup tordu. Il m'a dit : « Mado, rends-toi compte, ma bobine dans le journal, l'affaire du taxi sanglant ! » Je l'ai rassuré de mon mieux, je lui ai raconté le maire affalé sous le lavabo. Il en a ri, le pauvre, ça l'a un peu distrait.

Elle se tut et resta rêveuse, Alexandre au cœur, ou Pierrot.

Comme chacun cherchait, l'œil vide, à digérer l'événement, Félicité se dressa droite, apparemment ravigotée, claironna que décidément ces teutons ne savaient pas vivre, baisa les cheveux de Mado, lui glissa, furtive, à l'oreille qu'elle était jolie comme tout et dit aux Célestin-Eugène :

– Beau travail, les enfants. Enquête magistrale. Lequel de vous deux lit *Frou-Frou* ?

Bafouillants, ils se regardèrent.

– J'ai un ami amateur d'art qui rêve de voluptés rares. Portez-m'en quelques exemplaires. Je veux bien vous les échanger contre un panier de radis roses et de ciboulette bio.

Quatre talons claquèrent ensemble, quatre doigts montèrent au képi. Elle serra son sac sous son bras et la figure à droite, à gauche :

– Où ai-je fourré mon chapeau ?

Il était au fond du bistrot, où elle l'avait envoyé paître. Constance courut le chercher. Les quatre du hameau sortirent en file indienne.

La place était ensoleillée, elle sentait bon la brise fraîche. Devant la boutique à journaux où les attendait la voiture, Constance, qui traînait derrière, se regarda dans la vitrine, s'ébouriffa négligemment, et lança, faussement légère :

– Édouard veut bien rentrer à pied. Nous allons faire quelques courses.

Félicité, la bouche à l'abri de son gant :

– Blaise, rends-toi utile, surveille ces lascars.

Retour cahotant au hameau par le chemin fait pour les ânes et les carrioles secouées dans l'ombre tendre des grands arbres. Comme les verdures s'ouvraient sur la cour, la maison bancale et le jardin sous le pommier, Félicité, longtemps muette, consentit à articuler, sans lever le nez de son sac tenu ferme sur ses genoux :

– C'est Siméon, évidemment. C'est lui qui vous a dit où me trouver, le traître.

Clément lui répondit, rieur, à voix paisible :

– Il est revenu au galop. Son âne en est tombé le museau sous les pattes. Siméon l'a laissé croupir. Il a même failli rater la porte ouverte, tant il était pressé. Nous étions tous à la cuisine. Il nous a pris chacun par les bras, la chemise. Il bégayait de trop de mots. Bref, nous avons compris que vous étiez partie rejoindre votre Blaise à Toulouse, à Paris, au diable. Nous pensions que vous étiez là, dans votre chambre, bien au chaud, à vous permettre un brin de grasse matinée, après les soucis de la veille. Constance est montée voir. Elle est descendue pâle. Quelle était votre idée ? Que vouliez-vous ? Nous fuir ?

– Vous épargner de gros tracas. Vous éviter l'inconvénient d'être les complices d'un crime. Je voulais aller en prison avec Blaise, oui, mais sans vous. Je comptais donc tout avouer d'abord à Pierrot, notre maire, puis à Paula, par politesse, mais je n'ai pas pu, voilà tout.

La voiture fit halte au bord de la forêt. Ils restèrent dedans, tranquilles, silencieux, à l'abri des rumeurs, des oiseaux, de la brise. Ainsi, un long moment chacun demeura seul sur ses chemins pensifs, puis Clément, sans la regarder, prit la main de Félicité. Alors au petit trot, à voix presque enfantine, elle lui conta sa matinée, le maire imaginé debout en costume de magistrat et découvert en bermuda sous un lavabo hors d'usage, Paula désemparée devant sa page blanche comme une bistrote occitane dans les neiges de l'Everest.

– Enfin cet acte de bravoure de je ne sais quel résistant coupant la route aux Allemands ! dit-elle, l'œil étincelant. Quel réconfortant épisode ! Un hasard de plus ? Allons donc ! Un chef-d'œuvre ! Et de qui ? Voilà bien la question. Qui est l'auteur de mon histoire, car il en faut bien un, n'est-ce pas ? Je te le demande, docteur. Tu n'en sais rien, évidemment. Mon sentiment, mon pif de vieille me murmure qu'un être aimant marche sans cesse à nos côtés, nous ferme là un bout de route, nous attire dans un tunnel, nous invente un gué de rivière et nous pousse, bon gré mal gré, où lui seul veut nous amener. En vérité, plus je vieillis, plus cela m'apparaît probable. Il faudra que j'en parle à Blaise, les morts en savent plus que nous.

Elle examina les nuages.

– On dirait que le vent durcit.

Clément hocha la tête et murmura, pensif :

– C'est stupéfiant, tout de même ! Nous imaginons l'avenir, et la nuit tombe, tout à coup, sur ce qui nous paraissait clair, et l'imprévisible balaie tout ce que nous avions bâti. Exemple, votre matinée. On la raconte à la radio, je me dis que celui qui parle a pris un coup sur le bonnet, mais non, c'est la vie qui s'amuse, elle se moque de nos débâcles, elle se fout d'être raisonnable, et d'ailleurs, elle ne l'est jamais. Vous ai-je dit que je divorce ? Que je me retrouve perdu sur la seule route du monde où je ne voulais pas aller ?

Et l'œil tout à coup espérant :

– Pensez-vous vraiment, dites-moi, que je ne sais quel invisible redoutablement amical connaît mieux que moi mon chemin ?

Félicité lui répondit :

– Si croire cela te va bien, si ça t'éclaire le dedans et te rend plus joyeux que triste, pourquoi diable le refuser ? Le hasard ne peut rien, il n'est rien, il est vide. Je ne veux pas de lui pour compagnon de vie. Il est privé de cœur, pas moi. Alors, tu divorces ? Raconte. J'aime le cinéma d'amour, j'en mouche toujours quelques larmes quand vient la musique de fin. Mais il faut que le film finisse comme il faut, sinon je me sens escroquée, et je porte plainte au bon Dieu. Comment s'appelle ta bergère ? Adeline, je me souviens. C'est ainsi qu'elle s'est présentée quand je l'ai accueillie chez nous. Son vrai prénom, c'était Adèle, mais elle n'en a jamais voulu, elle trouvait qu'il faisait concierge, et moi je trouve qu'Adeline, ça fait chapeau bouquet garni.

– Elle est, elle aussi, médecin dans le même hôpital que moi. Elle était belle, elle l'est toujours, elle savait qu'on me l'enviait, elle jouait du désir des hommes. J'essayais de ne pas le voir. Elle aimait les grands restaurants au temps où nous sortions beaucoup et désapprouvait mes recherches, non, mes lubies, comme elle disait. J'ai découvert, farce banale (vous allez en rire, c'est sûr), qu'elle couchait avec mon patron. Par amour ? Non, par ambition. Elle m'a dit : « Je mène ma barque. » Ça m'a flanqué le mal de mer. Après sept ans de vie plus ou moins cahotante, nos violons n'étaient plus d'accord. Et le pire de tout fut de m'apercevoir que nous n'avions jamais chanté, elle et moi, la même chanson. Sept ans j'ai partagé la vie d'une mégère de salon que je prenais pour Blanche-Neige.

Elle lui sourit si tendrement qu'il ne sut que baisser la tête. Elle lui répondit :

– Mon petit, ce sont ces jeux sentimentaux d'une naïveté parfaite qui me font le bien le plus doux. Acte un : désamour, déchirement, tempête. Acte deux : solitude et tout le tremblement, amertume, renoncement, traversée du désert, crise d'adieu au monde. Et, fatalement, acte trois : surgissement de l'Autre déguisé en hasard, émerveillement progressif, c'est moi, c'est toi, je t'attendais. J'aime si fort ces dénouements qu'ils ne peuvent être stupides.

Clément partit d'un rire sec. Elle s'obstina, elle dit encore :

– Écoute-moi, mon fils, écoute, je vais te donner un secret. Reste naïf, reste étonné, reste enfantin quoi qu'il arrive. Vieillir, c'est se désenchanter, c'est ne plus croire aux illusions qui donnent leur force aux poètes, qui attisent le beau désir.

– Il est pourtant des fins sinistres, des solitudes sans secours, des désespoirs définitifs. Qu'en faites-vous ? Des confettis ?

– Si tu peux aider quelques êtres, autant que tu pourras, fais-le. Mais nous ne sommes pas forcés de ruminer comme des bœufs les horreurs qui nous environnent.

– Il reste que celui que vous appelez l'Autre n'est pas forcément un ami.

– Je prétends qu'il l'est, quoi qu'il fasse. Croire cela me tient debout, et à mon âge, cher docteur, ce n'est certes pas négligeable. J'aime bien jouer avec lui. Il n'existe pas ? Et alors ? Je peux lui donner un visage, un habit, un air qui me plaît. Quelle est cette étrange impuissance qui nous fait croire que nos lois, nos rêves, nos réalités ne méritent notre respect que s'ils nous viennent du dehors ?

Et soudain à voix d'engueulade, cognant du poing le bras du médecin rétif :

– Tu n'es pas seulement un homme en face du monde, Clément. Tu es aussi, quoi que tu fasses, un monde face à son miroir. Ce qui vit au-dehors vit aussi au-dedans. En toi sont des voleurs, des lâches, des prophètes, des batailles, des oasis, des enfants effrayés, des pères rassurants. Et si vraiment tu es un monde, tu peux faire en sorte que l'Autre, au moins dans ce monde-là, soit. Mais sache qu'il est sans église, il n'a de demeure qu'en nous, il est fragile, il est discret. Parler de lui peut l'abîmer.

Elle eut un long soupir plaintif, et jouant tendrement la vieille renfrognée :

– Je suis trop bavarde, rentrons. C'est qu'il m'énervait, le bougre ! Tiens, Siméon est au jardin. Je ne l'avais pas remarqué.

Comme elle se hâtait, frissonnante, vers sa porte à la clé perdue depuis des temps immémoriaux, Édouard et Constance apparurent sous les derniers arbres du bois. La jeune femme aux joues rosies, d'un « Houhou ! » comme à cache-cache, héla Félicité, qui d'un simple coup d'œil par-dessus l'épaulette remarqua, bien évidemment, le changement de météo sur le jardin sentimental. Édouard la tenait par la main, à moins que ce ne soit l'inverse, et sa rayonnante fierté était, même de loin, parfaitement visible. Elle rejoignit sa vieille amie, légère comme au lac des cygnes, et franchit le seuil la première avec Édouard au bout des doigts. Sans que rien de clair en soit dit, elle fit comprendre aux murs tranquilles, un fredonnement de chanson non identifiée aux lèvres, que ce beau policier qui tentait d'éviter le regard de Félicité l'avait gratifiée d'un baiser abyssal rendu avec enthousiasme, depuis le temps qu'elle l'espérait. Elle était prête, maintenant, à tous les travaux de cuisine. Elle le dit à la cantonade, aimable autant que décidée :

– Je m'occupe du déjeuner. Félicité, reposez-vous. Édouard, mon chéri, s'il te plaît, veux-tu préparer la salade ? La frisée, oui, mais sans lardons.

La vieille maîtresse d'école était déjà dans l'escalier. Elle se retira dans sa chambre, se désendimancha, sans hâte, puis revenue dans ses chaussons :

– Qu'en penses-tu, Blaise ? dit-elle.

L'interpellé, ensommeillé :

– Le lit de Constance est étroit, mais pour un couple débutant, à ce que j'ai entendu dire, ce n'est pas un inconvénient.

– J'ai du souci. J'ai peur qu'ils s'aiment. Imagine qu'un de ces jours ils se fassent souffrir l'un l'autre. Je ne le supporterais pas, ça me gâcherait les vacances.

– Quelles vacances ?

– Eh bien, ma vie. J'ai l'impression de traverser les plus beaux jours de mon histoire. Les enfants sont là, toi aussi, et je sortirai de mon corps, puisque la mort n'existe pas, comme on part visiter l'Égypte avec son amant sous le bras.

– Il y a tout de même un intrus, dans votre film américain. Je ne voudrais pas déranger, mais il est une part de mon humble personne, mon cadavre, pour être franc, qui marine depuis deux jours dans un jus de vieux camembert. Il faudrait peut-être songer, si l'Égypte peut patienter, à lui offrir un trou discret et à pleurer un brin sur lui, comme on fait chez les gens du monde.

– Oui, enfin, ne t'inquiète pas, on va t'enfouir dans l'introuvable. Même toi, qui vois presque tout, tu ne sauras pas où tu es. Je vais au jardin, attends-moi.

Elle trouva Clément dans la cour.

– Faut que je soigne votre Blaise, il pue méchamment, lui dit-il. Je vais le ficeler serré dans une toile imperméable que j'ai repérée hier sur la vieille charrue. Veillez à ce que Siméon ne vienne pas traîner au bloc opératoire. Pour le moment, il parle aux graines d'un rosier qu'il vient de semer.

– Il aime la conversation, lui répondit Félicité. Il bavarde avec tout le monde. Je l'ai même entendu, un soir, chanter un air de flamenco à un olivier andalou sous prétexte que ses racines ne devaient jamais oublier le parfum des nuits de Cadix. Va, sois tranquille, je le garde.

Clément s'en fut à la remise. Tandis qu'il ouvrait ses battants, Siméon vint sous le pommier, et la main en auvent sur ses sourcils touffus il grogna comme pour lui seul :

– Je me demande ce qu'il cherche.

Félicité :

– Rien, il aère.

Lorsque Clément réapparut au soleil venteux de la cour, sa lourde bâche sur l'épaule :

– Mais sacrénom, il déménage ? Qu'est-ce qu'il va faire avec ce tas que je n'ai jamais vu dehors ?

– Justement, il le sort. Laisse donc, ça l'occupe.

Siméon rejeta sa casquette en arrière, cracha le brin de paille qui occupait ses dents :

– Mais non, voyez, il va chez Blaise. Qu'est-ce qu'il fricote, le monsieur ?

Il l'appela. Clément ne parut pas l'entendre. Alors d'un coup de main Siméon se torcha le nez, signe annonciateur d'un départ probablement irrattrapable. Félicité lui prit le bras, chercha d'urgence que lui dire, ne trouva rien d'autre que ça :

– Et donc tu as semé des graines de rosiers.

Son calme aurait paru à n'importe qui d'autre dangereusement orageux. Siméon n'en fut pas inquiet, au contraire, il s'épanouit. Il dit en désignant la terre remuée :

– C'est pour fêter votre retour. Je craignais de ne plus vous voir.

Il resta un moment béat à contempler le vieux visage qui, du coup, lui sourit vraiment, puis revenant à son souci :

– J'aimerais bien savoir pourquoi cette bâche, qui ne vaut rien, il la transbahute chez Blaise.

– Parce qu'elle est à lui, pardi !

Réponse irréfléchie. Elle l'estima crédible. Hélas, ce fut l'instant que choisit l'imprévu pour venir gambader dans le jardin paisible.

– À lui ? dit Siméon. Le vélo, je veux bien, mais la bâche, halte-là ! Elle était à mon père. Souvenez-vous, Félicité, il vous l'a offerte, cadeau, quand il s'en est allé mourir dans son hôpital de retraite.

Même les âmes des vieux durs, aux moments les moins opportuns, s'affalent parfois sans ressort dans la gadoue décourageante. Félicité se sentit molle et résignée, quoi qu'il en coûte, à voir Siméon s'éloigner sur le chemin cadavérique. « Il va tout savoir, se dit-elle. Tant pis, tant mieux, je ne sais pas. Il est fidèle, pauvre enfant. Il est bavard, pauvre de nous. » Elle parvint à articuler, ultime effort avant la probable défaite :

– Fais-moi plaisir, mon tout petit. Parle-moi, s'il te plaît, de tes graines de rosiers.

Il hésita, jeta un œil à la maison triste où Clément venait péniblement d'entrer, puis s'assit au pied du pommier, à côté de sa vieille amie. Il lui désigna la façade coiffée de tuiles fatiguées :

– Je remettrai la bâche en place pendant que vous déjeunerez. Sans ce manteau sur sa carcasse, j'ai peur que la charrue ait froid. Les graines de rosiers ? Pensez ! Ce sont mes chéries, mes modèles ! Imaginez-les sous nos pieds, dans l'obscurité de la terre. Comment, dites-moi, savent-elles qu'elles doivent pousser vers le haut ? Pourquoi pas à droite, ou à gauche, ou de travers, ou vers le bas ? Sans boussole, comment font-elles pour s'orienter sous leur ciel noir ? À mon humble avis, leur repère, c'est la voix de leur jardinier. C'est pourquoi il faut leur parler, leur donner force, envie, courage. Pensez aux mille animalcules qu'elles rencontent sur leur chemin, qui leur disent : « Hé, où allez-vous ? La lumière ? Quelle lumière ? Notre monde est fait de ténèbres, pourquoi vous décarcassez-vous ? Nous sommes tous perdus d'avance, tous condamnés à grouiller là, pour l'éternité, dans nos nuits. » Quelle folle raison opposer à ces mots ? Elles se taisent, elles espèrent, elles s'obstinent pourtant. Quelle foi il leur faut, les pauvres, et quelle vigueur sans questions ! Elles se sentent appelées, je crois. Les vies qui poussent sous la terre ont leurs aides dans la lumière. Tous les jardins vous le diront.

Il se dressa debout, renfonça sa casquette.

– Je vais voir ce que fait votre monsieur Clément. Il m'intrigue, ce phénomène.

– Attends, lui dit Félicité. Aide-moi donc, grand homme, à décoller mes fesses.

Elle lui tendit la main, il la prit, la hissa et cette fois partit à grands pas décidés.

– Siméon, attends-moi !

Ordre strict d'une mère au fils incontrôlé. Le bonhomme était presque à la porte entrouverte. Elle s'arrêta à mi-chemin. Elle hurla aux volets fermés :

– Clément et Siméon, à table !

Cri d'alarme à peine codé destiné à l'anesthésiste. Au-dedans, rien, pas de réponse. Alors elle haussa les épaules, s'enveloppa dans son fichu et s'en revint à sa cuisine où mijotaient des végétaux sans le moindre bout de saucisse.

– Légumes du jardin, dit Constance, radieuse. Bon appétit à tous !

Chez Blaise, au même instant, en haut de l'escalier, Siméon, tout à coup craintif :

– Monsieur Clément, vous êtes là ?

Le silence des maisons vides depuis toujours l'intimidait. Il y sentait des invisibles, des présences de l'autre bord. Il s'avança dans la pénombre.

– Entre donc, mon ami, dit une voix sonore.

Elle venait du fond du couloir où était la chambre du mort. Siméon, le dos courbe, entrebâilla la porte, sa casquette sur le nombril, et risqua prudemment un œil. Clément, penché au bord du lit, serrait le dernier nœud au cou d'une momie qui gisait là, sur un drap sale, aussi raide qu'un lampadaire abattu par un coup de vent. Siméon, enfin parvenu au côté de l'anesthésiste, désigna la chose couchée et murmura comme à l'église :

– C'est quoi, ce colis ? C'est quelqu'un ?

Réponse souriante et docte :

– C'est Georges, notre assassiné. Nous l'avons baptisé ainsi. De fait, c'est un mannequin d'homme volé chez un marchand d'habits.

La force de Clément ? Son calme rassurant, sa façon de dire les choses avec bienveillance et clarté, son assurance d'homme grand à la voix de chocolat chaud. En vérité, il n'était sûr de presque rien en ce bas monde, il était vulnérable au point de s'émouvoir au mélodrame, il s'effrayait sans rien en dire des douleurs de ses vieux patients, bref il était catastrophique (c'était du moins son opinion) mais le cachait avec talent. Il prit donc Siméon par l'épaule, en ami, et l'entraînant hors de la chambre, il lui expliqua ce qui suit :

– C'est le grand jeu du Mort-Obscur. On y joue chez les professeurs et les policiers parisiens. Il y faut de l'intelligence et des muscles compétitifs. Constance, Édouard et moi, nous enterrons un mort. Un faux, évidemment.

– Bien sûr. Mais pourquoi diable dans la bâche qui tenait la charrue au chaud ?

– Siméon, ne perds pas le fil. Si tu veux jouer avec nous, tu dois remonter tes chaussettes et m'écouter avec les yeux, comme font les Amazoniens quand ils chassent la femme blanche.

Il s'entendit dire ces mots, s'inquiéta de leur ineptie mais poursuivit avec vaillance dans l'air retrouvé de la cour :

– Donc, nous cachons un faux cadavre. Nos adversaires déclarés (en vérité de bons amis) disposent de quatorze indices inscrits en vieux français dans des recoins pourris de la maison du crime. Ils doivent découvrir le mort, puis l'assassin, puis son mobile. Leur enquête ne peut durer au-delà d'un mois et vingt jours. La règle, sur ce point, est stricte. S'ils trouvent, nous les recevons dans le restaurant de leur choix. S'ils font chou blanc, tu l'as compris, ils nous invitent où nous voulons.

L'homme des bois, l'œil ébloui, se frottant les mains sans savon :

– J'en connais un, à Carcassonne, vin offert, frites à volonté, et le beefsteack, impossible à finir. Il est un peu dur mais énorme. Avec Siméon dans la manche, vous pouvez déjà réserver. Je vous chanterai au dessert une *Marseillaise* coquine que j'ai composée de ma main.

Il franchit le premier le seuil de la cuisine où déjeunait la maisonnée. Tandis que Constance servait ses poireaux à la sauce à l'eau, Clément prévint ses compagnons que l'équipe du Mort-Obscur qu'il avait l'honneur de conduire comptait un attaquant de plus. On comprit, autour de la table, qu'il s'était montré magistral. Félicité le fit asseoir devant l'assiette à côté d'elle et remplit son verre de vin.

– Pas trop fatigué ? lui dit-elle.

Et lui, à mi-voix :

– Épuisé. Je viens de faire sans filet ma traversée du Niagara sur un fil de mots ridicules.

Édouard, le pouce en l'air, apprécia l'exploit. Constance dit à Siméon :

– Reprenez donc de mes carottes.

Il la regarda fixement. Un instant elle craignit une paralysie subite du visage, mais non, il ouvrit grand les bras, extasié par sa trouvaille.

– Je sais où enterrer le mort. Personne, c'est promis, n'ira le chercher là, je vous le garantis, devant Dieu je le jure.

Il se tut un instant, contempla l'alentour et lança d'un ton d'évidence :

– Quel est l'endroit indiscutable, le seul où même un enquêteur diplômé de piloutechnique n'aurait l'idée d'aller chercher son assassiné préféré ?

La réponse sortit de Blaise. Il la dit à Félicité. Elle l'approuva d'un coup de tête, touchée par la simplicité de ces mots qui venaient d'entrer dans les replis de son oreille.

– Dans le cimetière, dit-elle. Qui oserait fourrer son nez chez les vieux parents du village ?

Et désignant d'un geste large Siméon rouge de partout :

– Ne vous fiez pas à l'allure, ce vieil enfant est un génie. Viens là, que je te récompense.

Il obéit. Elle le courba et le baisa sous la moustache. Il s'en alla sans autre mot, le pas errant et le cœur ivre comme un bateau sous le gros vent.

6

Comme Édouard, accroupi face au buffet béant, cherchait un fond de vieille gnole pour agrémenter son café, parurent à contre-jour un gendarme et demi, l'un jovial et l'autre derrière.

– Bonjour, les gens ! On peut entrer ? On vous porte de la lecture ! dit Célestin, déjà dedans, accompagné d'un courant d'air d'une fraîcheur cabriolante.

Il se tourna vers son Eugène, et claquant des doigts :

– Les *Frou-Frou* !

L'autre, dehors, pestait contre les deux vélos qui s'emmêlaient les roues avant. Il répondit confusément qu'il était occupé à dompter les machines, qu'il ne pouvait en même temps ouvrir sa putain de sacoche et qu'il trouverait convivial que l'honorable compagnie (enfin, honorable, passons) attende sans trop d'impatience un retour au trafic normal. Édouard se dressa, triomphant, une fiole au long cou au poing, à l'instant où trois exemplaires de la revue controversée passaient d'Eugène à son compère avant d'échouer sur la table parmi les reliefs du repas.

– Félicité ! Grands dieux ! dit Constance, grondeuse. Vous me faites honte, vraiment. Et devant la police, encore ! Je n'arrive pas à comprendre quel plaisir un humain normal peut trouver à contempler des femmes nues qui forcément doivent craindre le coup de froid et prennent leur température en suçotant leur bout de doigt.

Elle désigna, d'un geste las, les couvertures bariolées.

– Elles serviront d'allume-feu, au moins elles se rendront utiles.

Félicité, l'air malicieux, lui lança un regard muet mais d'une éloquence limpide. Constance, rougissant soudain :

– Qu'allez-vous donc imaginer ? Je pensais, moi, femme ordinaire, au feu qui chauffe, au feu qui flambe dans les cheminées de partout. Aucune allusion inconsciente à votre Blaise évanescent qui vous change en torche vivante juste au moment (oui, moquez-vous) où je ferais mieux de me taire !

– Je ne me moque pas, ma petite, oh que non, tu fais plaisir à mes vieux jours. *Frou-Frou* allume-feu, c'est bien, c'est poétique, on ne peut dire mieux, c'est exactement ça.

– C'est quoi ? De l'eau-de-vie de poire ? dit Eugène, poussant d'un doigt son verre à portée de goulot. Juste une larme de moineau pour m'humecter le fond de langue. Merci beaucoup, monsieur Édouard ! À la santé de la maison !

Il but d'un trait, toussa, rougit, et le souffle enroué par l'incendie soudain qui exorbitait ses pupilles, il laissa la parole au ci-joint Célestin :

– Nous reviendrons un de ces jours dévaliser le potager. Pour l'instant, le devoir nous appelle au village. Monsieur le maire est indispos, nous administrons à sa place. Il raconte que ce matin, sous le lavabo du jardin (c'est ce qu'il dit, le pauvre triste), il a vu la Vierge Marie dévisser son siphon rouillé à la main, sans forcer le moindre. Oh, il s'en remettra, le bougre, c'est sûr, il est libre-penseur !

Il poussa Eugène dehors avant qu'il n'ait tendu, encore un petit coup, son verre à la bouteille.

Comme les grincements des vélos s'éloignaient sous les arbres de la forêt, Félicité but son café, prit ses trois *Frou-Frou* sous le bras et dit à ses enfants qui s'affairaient, boudeurs, à ranger la vaisselle :

– Ce n'est pas pour vous ni pour moi que j'ai voulu ces magazines. Des femmes nues, bon an mal an, je n'en ai jamais connu qu'une. Elle s'appelait Félicité, c'était son nom, ça l'est encore, parfois désirée, parfois non, pas besoin d'en faire une valse. Il se trouve que j'ai vieilli dans le miroir de ma maison plus vite que dans ma caboche. Car derrière mon front, eh oui, mes petits loups, je chante des chansons sans âge, j'attends que vienne à ma rencontre un imprévu miraculeux, je m'imagine séduisante, je m'invente des amoureux. J'en ai un qui m'attend, là-haut, non pas au ciel, non, dans ma chambre. Il est troublé (il me l'a dit) par ces culs qui lui font de l'œil, si j'ose dire à la va-vite, et par amour pour lui j'aimerais bien goûter à ce désir qui, quoi qu'on pense, fait de la vie un beau pays qu'on n'a pas envie de quitter. À tout à l'heure, mes enfants.

Elle s'éloigna à pas menus et ne fut bientôt plus qu'une ombre dans les hauteurs de l'escalier.

Félicité ouvrit son lit, remonta ses deux oreillers, s'allongea et soupira d'aise. Les yeux au plafond, elle dit :

– Blaise ?

Il répondit un « Oui » tout proche et pourtant voletant dans l'air. Il dit encore vivement qu'il l'attendait depuis mille heures, qu'il venait de rentrer du bois, qu'il avait de sacrées nouvelles.

– J'aimerais que tu viennes là, lui dit-elle, à côté de moi, que tu me serres contre toi, que tu me berces exactement comme tu l'as fait l'autre jour, quand je me suis raté le bras. Tu n'as pas oublié, j'espère. Moi non plus. Ton odeur, Blaise ! Insurpassable ! Oh, volupté des voluptés ! Tu puais comme une écurie, au point qu'un instant je t'ai cru métamorphosé en bourrique. Mais non, c'était bien toi, en bonne chair vivante, toi, mon dernier cadeau, le plus beau de ma vie !

Le mort, rieur, lui répondit :

– Si l'on s'en tient aux envies folles, il s'en est fallu de bien peu pour que ce jour particulier soit entre tous inoubliable. Que dis-je ? Inoubliable, il l'est. J'ose même le dire à jamais historique. À dater de ce matin-là, j'ai tout de même vu la vie tout autrement qu'à bicyclette. Mais je me souviendrai toujours qu'à l'instant où la mort-aux-rats faisait de vous mon assassine, le désir bandeur me venait de vous titiller le sein droit.

Elle soupira du cœur aux pieds et son sang battit du tambour un peu partout sous sa peau chaude. Elle murmura :

– J'ai trois *Frou-Frou*. Veux-tu qu'on voie où ils nous mènent ?

Il répondit, d'un souffle rauque :

– Je crois bien que oui, mon amour.

Elle ouvrit au hasard l'une des trois revues tombées de l'édredon et ramassée par terre.

– Que ressens-tu, Blaise ?

– C'est beau. Avec ou sans corps, c'est pareil. Le cœur cogne contre les murs, le sang s'énerve, il a trop chaud, il monte aux joues, il veut tout voir, et le rossignol fait l'avion, il décolle vers les étoiles.

– Mais encore, mon homme, dis ?

– Ce sont là des secrets sans mots qui désirent rester dans l'ombre. J'aimerais bien les déposer à la porte de cette oreille qui sent si bon les cheveux blancs, mais je ne sais pas comment faire.

Sa voix trébucha, s'éteignit, revint dans un soupir brumeux :

– Pardonnez-moi, Félicité, je me sens tout baigné de larmes.

– Viens là, plus près, caressons-nous. Qui as-tu rencontré, au bois ?

– Ma mère.

– Oui, je m'en doutais.

– Elle m'a tué, il y a longtemps. Ce matin elle m'a dit : « Bonjour, il faut que je te ressuscite. »

– Raconte-moi, Blaise, raconte, je ferme les yeux pour mieux voir.

Il eut un soupir gémissant, puis sa voix, sur la joue ridée, se blottit, se fit enfantine et pourtant apaisée. Il dit :

– C'était sur le chemin du gouffre de l'Œil-Doux, j'entendais Siméon, pas loin, qui fagotait des branches mortes. Elle est venue à ma rencontre, habillée comme à la cuisine, plutôt sèche, comme toujours, mais guère plus vieille que moi. Elle était gaie, elle n'avait plus cet air sévère et douloureux qui m'avait enterré profond, un jour d'enfance adolescente. Personne n'a jamais rien su de la honte apocalyptique qui m'a submergé ce jour-là, même pas vous, même pas Dieu. C'était un soir de fin juillet. Je m'en revenais du jardin, et je croquais une tomate, je m'en souviens, j'avais treize ans. Je suis entré chez nous, la porte était ouverte. Personne dedans ni dehors, la maison était toute à moi. Je suis allé droit à l'armoire, au fond de la salle à manger, l'armoire, mon enfer fascinant et secret où m'attendaient des parfums lourds inimaginables en famille. Elle était emplie d'étagères farcies de livres jamais lus sauf, je suppose, par mon père avant qu'il s'en aille mourir chez les Bédouins du Sahara. Ses livres, et tant de vies dedans ! Au beau milieu d'une rangée, un peu plus haut que ma figure, était celui qui m'appelait chaque fois que j'ouvrais la porte à deux battants qui grinçait toujours, la traîtresse, comme une sorcière illettrée. Il était relié de rouge, le seul parmi les dos brochés. Baudelaire, *Les Fleurs du Mal*, illustré non pas de photos mais d'alcôves peuplées de voiles transparents qui me tourneboulaient les sens. Le livre s'est ouvert tout seul, à la page cent. « Les bijoux ». L'image, à gauche : un lit, une femme alanguie. À droite, le poème et l'orage à mes tempes, et ma main descendue au-dessous du nombril.

La très chère était nue, et, connaissant mon cœur,
Elle n'avait gardé que ses bijoux sonores…

Je n'ai pas vu ma mère entrer. Sa voix a claqué comme un fouet. Elle m'a dit : « Qu'est-ce que tu fais là ? » Et elle est restée plantée droite à me regarder tout ranger, le cœur tonnant, les mains tremblantes. Son air, Félicité, ses yeux, sa bouche courbe, mépris et souffrance mêlés ! Pas une insulte, pas un cri, pas même une gifle sonnante qui m'aurait peut-être permis de partir en révolution. Son seul regard de bourreau triste m'a fait tomber dans une nuit d'où je n'ai pas pu me sortir. Nous n'avons plus jamais parlé que de fadaises quotidiennes. Mon péché est resté comme un trou entre nous. Une heure avant sa mort elle m'a pris par le bras. Elle a voulu se soulever. Je me suis dit : « Elle me pardonne », et j'ai failli lui demander de parler de moi au bon Dieu. J'aurais aimé au moins savoir de quoi j'avais été coupable, mais elle ne m'a pas regardé, elle est restée les yeux ailleurs à marmonner une prière.

Il se tut un moment. Félicité grogna :

– Une rombière à vieux curé, voilà ce qu'elle était, ta mère. Je ne l'ai jamais supportée. Elle rognait contre à peu près tout. Le monde n'était pas comme elle voulait qu'il soit, c'est ça qui l'a rendue acariâtre, méchante.

Blaise, tout doux, lui répondit :

– Dans le bois, tout à l'heure, elle est venue vers moi. Siméon aurait pu nous voir, il était à vingt pas de nous. J'ai senti sur mes joues ses mains fraîches, brumeuses. Son regard n'était pas mauvais, oh non, plutôt mélancolique, peut-être même un peu joyeux. Sa bouche a murmuré, sans se tromper d'un mot :

La très chère était nue, et, connaissant mon cœur,
Elle n'avait gardé que ses bijoux sonores…

Elle m'a souri, j'ai eu des larmes qui me venaient je ne sais d'où. Et puis elle m'a tourné le dos et elle s'en est allée, tranquille, et elle s'est défaite dans l'air.

– Alors là, dit Félicité, elle a fait de sacrés progrès. Je m'incline, elle a chanté juste. La mort, vraiment, lui réussit.

Blaise, la voix ravigotée, et pourtant câlineuse en diable, cachée dans le cou de l'aimée :

– La mort ? Elle nous nettoie de tout, elle nous délie, elle nous délivre de nos guerres, de nos croyances, de nos prisons, de nos effrois. Où nous sommes, ma mère et moi, où vous serez bientôt sans doute, plus de désir de grimper haut, d'obligations, de convenances, de prétendues nécessités. Mais ce que vous semblez ignorer, où vous êtes, c'est que l'on peut sortir du monde sans pour autant quitter sa peau. Chez vous comme chez nous, personne n'est forcé de suivre les troupeaux, de s'aplatir devant les princes, de jouer à colin-maillard avec ce Tout-Puissant fabriqué par vos maîtres. Notez ces vérités avant qu'elles ne se perdent et dites-les à vos enfants, qu'au moins ce que j'apprends dans ce pays sans corps soit utile à quelques vivants.

Félicité, l'œil immobile, écoutant les murs silencieux :

– Mes enfants ! C'est curieux, je ne les entends plus. Où sont-ils donc, ces chenapans ?

– Je vais voir, je reviens, dit Blaise.

Et sa voix, à peine partie :

– Votre chère Constance a mis deux bûches au feu, puis elle a balayé les cendres, sur la plaque, autour des chenêts. Elle était pressée de sortir. Elle a cherché ici et là nos *Frou-Frou* sauvés du bûcher, mais un peu à la dérobée, le temps bref où elle s'est vue seule. En vérité, je crois qu'elle aurait bien aimé les trouver sous son oreiller sans avoir eu à les y mettre. Monsieur Clément, lui, s'est calé dans votre fauteuil préféré, à deux pas de la cheminée, et à l'instant où je vous parle il lit un dossier pagailleux plein de courbes plus ou moins molles. Avec ses petites lunettes descendues à moitié de nez, il a l'air d'un savant anglais. Ne lui manque que la barbiche, il l'aura dans quelques années. Bref, je le trouve intimidant.

– J'aimerais bien qu'une bougresse vienne s'asseoir sur ses cahiers. Je crains qu'il tourne président. Il mérite mieux, tout de même. Je suppose que les deux autres font une promenade au bois, à moins que le lit à ressorts de ma chambre de jeune fille n'ait invité ces cachottiers à tu vois ce que je veux dire.

– Ils sont sur le sentier du gouffre de l'Œil-Doux, mais je pense qu'ils vont s'asseoir (ils s'arrêtent. Voilà, c'est fait) sur un joli tapis de fleurs à l'ombre d'un chêne sans âge.

– Fais sobre, Blaise, par pitié. Épargne-moi les rossignols dans le feuillage chansonnier.

– Ils s'installent où je vous ai dit. Édouard cueille une pâquerette.

Félicité, soudain grognonne, repoussa du pied l'édredon, quitta son lit, se dressa droite et s'enfonçant dans ses chaussons :

– J'y vais, dit-elle. Mon manteau, mon fichu, mes grosses chaussettes. Ils m'agacent, ces deux lurons, il faut que je les tienne à l'œil. Conduis-moi, Blaise, s'il te plaît.

Retour scandalisé de la voix du défunt :

– Alors là, vous glissez sur la pente bourbeuse. Écouter aux portes des arbres, espionner les bruits doux de vos petits brigands, moi, je refuse, je m'en vais, je dors, je ne veux pas entendre. Ce que vous allez faire là est d'une indiscrétion compacte, je veux dire lourde et bornée.

– Oui, et alors ? répondit-elle avec l'innocence limpide d'une hypocrite de salon. Je veux savoir où ils en sont. Après tout, je suis responsable. Ils sont logés dans ma maison.

– Je vous préviens, je vous conduis mais je ne collabore pas.

– Enlève ton masque, paillasse, tu es aussi curieux que moi. Ose nier que tu frétilles comme une queue de fox-terrier qui sent venir son plat de rougnes.

Il eut un gloussement gêné.

– J'aime voir et savoir, nuance. Enfin, je m'intéresse aux gens.

Clément ne les vit pas sortir, tant il était à son étude.

Sur le sentier ombreux peuplé de cris d'oiseaux, Blaise, ragaillardi par la brise pimpante :

– Depuis que j'ai revu ma mère tout à l'heure, dans la forêt, j'ai envie d'être un peu voyou, un peu pervers, un peu teigneux, non pas brutal, mais grande gueule. Bref, je me sens comme un enfant qui patauge exprès dans les flaques pour faire enrager le trottoir. Qu'en pensez-vous, Félicité ? Parfois, j'avoue, je crains de déplaire au Patron.

– Sens-toi libre, mon beau coquin, personne, au-dessus de ta tête, n'attend quoi que ce soit de toi. Tu veux savoir ce que je crois ? Je te le dis tout cru tout frais, et si tu n'aimes pas ma soupe, comme disait mémé Laura, t'en fais pas, le chat l'aimera. J'imagine qu'au fond de nous est une lumière, une lampe qui nous a été confiée, j'ignore par qui et pour quoi. Tu sais cela tout comme moi. Elle brûle dans le noir de ta maison secrète, elle brûle infiniment, sans jamais vaciller. Souviens-toi d'elle, voilà tout. Garde cette lueur au chaud dans ta mémoire. Rien de plus ne t'est demandé. Quoi qu'il t'arrive, où que tu ailles, même au fin fond de tes enfers, elle te ramènera à la tranquillité, pour peu que tu ne l'oublies pas. N'espère aucune récompense, ne crains aucune punition. Tu ne peux pas savoir à quel point notre Dieu (je devrais dire : notre feu) se fout des lois et des morales. Tu peux, si tu le veux, tout vivre, tout risquer. Tu peux même aimer follement la vieillarde sentimentale qui t'a assassiné le bras, je te le rappelle en passant. Et dis-moi, tant que nous y sommes, où sont-ils, ces frais émoulus de l'érotisme campagnard ?

– Le gros arbre, à presque main droite. Passez derrière, ils sont devant.

– Ils parlent bas.

– Hé, c'est normal, ils n'en sont pas au chant du coq face à l'aurore boréale.

Ils étaient affalés parmi les mille traits du soleil printanier qui jouaient avec le feuillage. Ils se baisaient les mains, se caressaient les joues et chacun dans les yeux de l'autre cherchait éperdument l'entrée du paradis. Constance paraissait accueillir un miracle avec tambour entre les tempes et grosse caisse entre les seins. Elle se sentait intimidée par le bruissement des oiseaux dans la brume qui la baignait. Édouard mâchouillait une fleur. Il se trouva si captivé par la lumière du regard qui s'offrait à sa découverte qu'il avala la pâquerette sans même s'en apercevoir. Dans un enclos de petits rires et de chuchotis broussailleux :

– Ne me mens jamais, lui dit-elle.

Il répondit :

– Jamais. Promis.

Félicité trouva la réponse un peu brève. Constance aussi, apparemment. Capricieuse, elle baissa le front, fit mine de sourire triste.

– Tu me mens peut-être déjà.

Il protesta tout doux :

– Ne me tourmente pas.

Cela signifiait, en clair : « Sois gentille, fous-moi la paix avec tes questions en chemise. » La jeune femme eut un élan délicieux, quoique maladroit. Elle mordit tendrement sa bouche. Elle lui sourit, l'air espérant.

– Tu es fâché ?

– Non, ma jolie.

Il reprit du poil de la bête et le fit aussitôt savoir :

– Ne me regarde pas ainsi, je me sens capable de tout. Pour toi, pour nous, de plus que tout !

– De quoi, par exemple, dis-moi ?

« Attention, se dit-il, chaud devant, piège en vue. Haut les cœurs ! Qu'importe, je fonce. » Il répondit ce qui lui vint :

– D'être enfin un homme vivant.

Félicité, derrière l'arbre, assise à l'abri d'un rocher, poussa un soupir dépité.

– Tu entends, Blaise ? Du banal, de la romance au petit trot. Ils devaient m'allumer les sens, eh bien nenni, ils me les mouchent. J'aurais dû amener ma laine et mes aiguilles à tricoter.

– Au fait, j'y pense, mon bijou, vous m'aviez promis une écharpe et un pull-over assorti.

Elle fit mine de s'offusquer :

– Mon bijou, moi ! A-t-on idée ? Enfin, Blaise, de la tenue ! Bijou ! C'était le nom de mon cheval de bois. Pourquoi pas : mon bracelet-montre ? Saint Baudelaire, s'il te plaît, fais quelque chose, prie pour lui ! Il est temps de rentrer, j'ai froid.

Comme elle tentait de s'esquiver adroitement, sans bruits de feuilles, elle entendit soudain Constance parler fort. Elle s'arrêta, elle écouta. Elle surprit ces mots inouïs :

– Mon mari a toujours été le plus respectueux des hommes. Il n'a jamais porté la main où je ne voulais pas qu'elle soit. Je ne l'aurais pas toléré. Eh bien, fini. Adieu Loulou. Je décrète l'abolition de l'esclavage convenable. Ne me respecte pas, Édouard. Je ne veux plus l'être. Jamais. Le respect, je connais, c'est l'hiver de l'amour, c'est la paix du chacun pour soi, c'est j'ai-le-droit. Quelle misère ! Je veux être aimée tendrement, furieusement, grossièrement, étrangement, adieu maman, de toutes les façons connues, de tous les adverbes possibles. Je veux du chaud, moi, du braisé, du tropical, du pas possible, de l'impensable radical !

Félicité, admirative :

– Eh bien, la voilà réveillée. Sacrénom, j'ai failli attendre. Bienvenue chez nous, grande fille, bienvenue chez les amourfous, en un seul mot, je nous invente !

– Regardez son homme, dit Blaise.

Édouard riait à s'essouffler, lui mangeait les mots dans la bouche, piquait du nez entre ses seins, ouvrait à deux poings son corsage.

– Vous croyez qu'ils vont ? risqua Blaise.

Félicité :

– C'est parti pour. Viens, on s'en va. Nous n'allons tout de même pas leur tenir la chandelle verte.

Ils retrouvèrent à la maison l'anesthésiste et Siméon, tous deux attablés face à face, l'un grognon, l'autre rigolard. Clément, déchaussant ses lunettes :

– Nom de Dieu, Siméon, pose ton verre ailleurs que sur mes paperasses, mes feuillets bavent, ils puent la gnole, et mon texte, regarde, il est tout salopé !

L'autre, l'index au bout du nez :

– À propos d'odeur : le fumier. Il se donne tout à la rose, il la nourrit de bas en haut, et voilà que sa puanteur se transfigure un beau matin en enchantement des narines ! Je trouve ça époustouflant.

Et se tournant d'un bloc vers le pas de la porte :

– Oh, madame Félicité ! Vous êtes-vous bien promenée ? Moi, je reviens du cimetière. Cette nuit, à part les corbeaux, peu de chances d'y voir du monde. Nous enterrerons le paquet dans le carré des indigents. J'ai vérifié : que de l'herbe, et par-ci par-là une croix. Le lieu est tranquille, c'est vrai, mais peu plaisant, surtout s'il pleut. Je n'aimerais pas y dormir. Même si vivre est fatigant, moi, je rêve d'être éternel.

Il se tut un moment, puis à nouveau jovial :

– Enfin, pour l'instant, je le suis !

Il eut un geste du bras droit qui renversa son fond de verre sur trois feuillets en même temps. Clément gémit, serra les dents, essuya ses pages souillées d'un coup de manche maladroit, les enfonça, froissées, collées, dans son cartable mal ouvert et sortit sur le seuil respirer l'air amer du monde indifférent aux malheurs des vivants, et plus précisément des siens.

Voix de Blaise, pincée, flottant entre l'alcool répandu sur la table et la chaise où Félicité se déboutonnait le manteau :

– Ma dépouille va donc croupir parmi les clochards de passage et les voleurs sans avocat. C'est tout le cas qu'on fait de moi. Avouez que pour un bonhomme au casier judiciaire vierge et de surcroît aimé de tous, pas besoin d'un référendum, c'est plus dur à évacuer qu'un piment à la sauce au poivre.

– Allons, grogna Félicité, qu'importe où pourriront nos viandes ! Si ça peut te faire plaisir, j'ajoute dès demain à ma lettre d'adieu que je désire être enterrée dans le même trou que mon Blaise. Ainsi nous dormirons ensemble sans que tu m'entendes ronfler.

L'autre, soudain extasié :

– Nous serons, vous et moi, dans le même terreau, comme des amants éternels retirés des horreurs du monde. Magnifique, ma belle amie !

Félicité gloussa, rêveuse :

– J'aimerais bien qu'on se marie. Qu'un mort épouse une vivante, ce serait la première fois, tant pour l'événement que pour la mariée. Car enfin, jusqu'à maintenant, je suis restée célibataire, on a tendance à l'oublier. Quelle kermesse, mes aïeux ! Dès cette nuit, je me la joue.

– Vous me parlez ? dit Siméon. Ou vous ronronnez toute seule ? De temps en temps, moi, ça m'arrive. Je dis des choses à mes absents, à Blaise par exemple. Et croyez-moi si vous pouvez, il arrive qu'il me réponde.

Murmure du défunt dans l'intime chaleur du manteau de Félicité :

– Il m'entend, quelquefois, c'est vrai, il n'est pas sourd, mais le bougre n'a pas confiance, il s'imagine qu'il radote, qu'il est seul entre lui et lui à faire la conversation. Vous le croyez plein de musiques, non, au fond, c'est un rationnel.

Bruit de porte poussée, aussitôt refermée contre le vent fringant. Soupir de Blaise, dans son nid :

– Voici Édouard, bonsoir monsieur, voici Constance et son bouquet de petites fleurs de sentier. À tout à l'heure, ma vivante, je vais dormir dans votre lit.

– Ma fille, dit Félicité, viens par là, que je te rhabille. On dirait un chiffon froissé dans une corbeille de fleurs. Voyez-moi ces boutons qui louchent, ces cheveux fourre-bourre, ce col enchifrené. Tout pendouille. Tais-toi, je sais.

La jeune femme rit, la main devant le nez, se laissa attirer à l'écart des voix d'hommes, et tandis qu'elle se confiait aux doigts vifs de sa vieille amie qui lui ravalaient le corsage :

– Nous avons fait l'amour, dit-elle.

Elle s'empourpra intensément. Murmures frémissants, tête basse, dans l'ombre :

– Avec l'Américain, dites, c'était comment ? J'ai besoin de savoir, je me sens seule au monde, et pourtant si pleine de lui !

– Raconte, que je me souvienne !

– Je vous préviens, c'est à peu près. Vous dire exact, c'est impossible.

Elle secoua sa chevelure, ouvrit les bras autant qu'elle put et rugit à voix retenue :

– Un cheval m'est venu dessus, plutôt dessous, un cheval fou, il m'a prise comme une foudre, il m'a jetée dans le ciel noir, oui, c'était noir et lumineux, c'était délicieux et terrible.

– Le mien avait des ailes rouges comme un matin en pleine nuit.

– Oh oui, des ailes de taureau, elles étaient lourdes, immenses, elles battaient, elles bruissaient d'un bout du monde à l'autre. Je n'avais ni tête ni corps, je n'étais plus qu'un champ d'étoiles, un chant aussi, j'étais un chant ! Mon homme, dites, où était-il ?

– Ce n'était plus lui sur ta peau.

– C'était un dieu, dehors, dedans.

– Les femmes sont ainsi, ma fille. C'est un secret, n'en parle pas. Quand elles se livrent corps et âme, c'est un dieu qui vient les chercher. L'homme ne fait qu'ouvrir la porte. Il ignore qui nous emporte on ne sait où, là-haut, peut-être, ou peut-être plus bas qu'en bas, à la source de toute vie, du moins c'est ce que j'imagine. L'homme jouit, il crie victoire.

– La femme chante alléluia.

– Nous sommes idiotes. Tais-toi.

– Nous nous demandions, dit Clément, quelle était l'heure la plus sage pour enterrer qui vous savez.

– Minuit pétant, dit Siméon, ça fait roman, c'est fatidique.

Édouard, tout net :

– Non, c'est trop tard. Ces derniers temps ont été rudes, j'aimerais bien me coucher tôt.

Coup d'œil complice de Constance et menu du jour annoncé :

– Pour le dîner, messieurs-madame, une salade de tomates et une omelette aux lardons.

Félicité, enfin, aussi droite que digne, reniflant une larme émue :

– Au retour de l'enterrement, nous dégusterons l'ananas, fruit entre tous initiatique (je ne vous fais pas un dessin), et dernier cadeau de mon Blaise avant son départ impromptu pour les îles Galapagos. S'il n'y est pas, il peut y aller.

– Reposez-vous, lui dit Constance. Édouard, prépare la laitue.

Et se penchant à son oreille :

– La première de nos amours.

Fin du dîner. Bottes, bonnets, écharpes, gants de jardinier, baiser furtif volé sur les lèvres d'Édouard vaguement agacé par le clin d'œil fripon de Siméon qui, sifflotant, profita des bruits de départ pour rafler la fiole de gnole et se la fourrer sous le bras. Dehors, la lune en haut du ciel, le nez enfoui dans un nuage, traversa la cour avec eux. Au revoir de la main à l'amoureux parti. Les hommes s'éloignèrent avec, dans la brouette, le long empaqueté. Comme ils s'enfonçaient dans le bois :

– Monsieur Clément, dit Siméon, débouchant son litre de feu, cette bâche, j'aimerais bien qu'on me la rende un jour ou l'autre. C'est de la qualité extra.

– Il y en a une autre, la même, derrière la remise à bois. Elle est neuve, elle n'a pas servi.

– C'est vrai, mais ce n'est pas pareil. La première aimait sa charrue. Les deux sont tristes, je le sens. Prenez à gauche, et puis tout droit. Je connais, c'est un raccourci.

L'autre, qui s'échinait à pousser son fardeau entre les branches basses et les buissons teigneux, protesta qu'il n'y voyait rien, qu'il avait perdu le sentier et que s'il vous plaît aidez-moi sinon salut, je vais au lit et vous vous débrouillez tout seuls avec votre chaise à porteurs et son cadavre mal assis qui commence à perdre patience. Son souffle épuisé s'éteignit. Siméon cracha dans ses mains.

– Laissez, docteur, je vais conduire.

Il empoigna les manches et fonça droit devant.

Il était plutôt maigrichon et guère plus haut, à vue d'œil, qu'à peu près les deux tiers d'Édouard, mais le fait est que face au corbillard-brouette la forêt parut prendre peur. Les broussailles affolées se tapirent dans l'ombre, les branches cassées s'affalèrent, les cailloux réveillés bondirent hors de leurs trous et les arbres, maîtres des lieux, n'osèrent pas intervenir. L'anesthésiste et l'amoureux n'eurent qu'à suivre à travers bois, en presque aveugles trébuchants, l'implacable trouée de la bombe agricole. Ils débouchèrent par surprise sur un large chemin terreux baigné de lune nuageuse, à vingt pas d'un mur indécis.

– Eh bien voyez, c'était facile, dit le malingre impressionnant, il suffisait d'un coup de sang.

Édouard, désignant la muraille :

– Le cimetière ?

Et Siméon :

– Oui, monsieur. En chair et en os.

Il rit, content de lui. Les autres firent mine de ne pas l'avoir entendu. Clément, cherchant des yeux :

– La grille ?

Une chouette hulula au loin. L'homme des bois, à nouveau sobre :

– Faut contourner. Elle est ouverte. En tout cas, promis, elle l'était quand je suis venu, tout à l'heure, inspecter les coquelicots.

Il s'en alla devant avec son « elle l'était » tout à coup pollué d'un doute. Lui vint comme un vent rafraîchi le sentiment pointu de la fragilité des convictions humaines, du moins quant à l'état nocturne des portes d'accès aux défunts. Édouard le suivit, l'œil partout, soucieux de vérifier que la police était ailleurs. Clément, poussant sa livraison, les bras allongés, le dos courbe comme un gorille mal luné, entendit ferrailler le haut portail rouillé avant de parvenir devant. Édouard et Siméon le secouaient ensemble avec cette ardeur coléreuse qui précède parfois l'abandon résigné. Les battants de la grille étaient clos d'une chaîne au cadenas décourageant. L'homme des bois, navré, laissa aller dans l'air :

– Les cimetières, maintenant, sont comme les bureaux de poste, ils ferment à six heures du soir.

Il se tut un moment, puis ruminant sa rogne :

– C'est un coup de Martin, l'employé de mairie, un ahuri qui met sa veste avant d'enfiler son tricot. Il est venu faire du zèle avec son œil de lynx qui louche et son trousseau de clés sans trous.

Et peu à peu se requinquant :

– Mais il ne peut rien contre nous. Nous n'avons perdu ni la guerre, ni le fil, ni l'os du poulet. Silence, messieurs, suivez-moi.

Aucun ne chercha à savoir par quel détour de rhétorique un poulet était venu là. Ils longèrent l'ombre du mur, par les orties et les cailloux. Ils parvinrent bientôt sous une porte basse embarrassée de ronces et de vieux détritus. Là était, à demi cachée par le haut mur du cimetière, une bicoque en bout de vie.

– La maison de l'ancien gardien, murmura Siméon à l'oreille d'Édouard. Elle est abandonnée depuis les Allemands, c'est vous dire, ce n'est pas d'hier. On la traverse et c'est tout simple, on se retrouve au clair de lune dans le carré des indigents. Poussez-vous, je passe devant.

Ils s'enfoncèrent tous, les vivants, la brouette et le mort en paquet, dans une sorte de réduit aux puanteurs inadmissibles.

Un aboiement tonitruant emplit alors la nuit du monde et probablement les abords de quelques astres riverains. Les trois hommes, soudain courbés comme sous une giboulée, les mains agrippées aux oreilles, attendirent, pétrifiés, un effondrement imminent au moins du toit, sinon de la voûte céleste. Ils n'entendirent, tout près d'eux, qu'une voix d'homme réveillé. Il brailla au chien de se taire, puis descendit au cimetière (quelques marches l'en séparaient), appela Merlin (l'aboyeur) qui cessa d'ameuter le diable et vint se frotter contre lui. Siméon vit passer leurs ombres par une fente dans le mur. L'homme revint à la maison. Le chien fut avant lui dedans. Les transbahuteurs de cadavre écoutèrent sans plus bouger. Gémissements ensommeillés, remuements de corps, bruits menus. Ils venaient de derrière une cloison de planches rongée par les vents et les pluies. Siméon escalada Blaise, et la pointe des pieds à peu de chose près au niveau du nombril, il risqua un œil à côté.

Là étaient, sous le toit troué, une lampe torche allumée, des bouteilles de bière vides, des vêtements en vrac sur des souliers terreux, deux sacs à dos, un chien couché, et sur un vaste matelas une fille soudain surgie de sa literie chiffonnière. Elle se souleva sur le coude. Elle tenait contre sa poitrine une vieille peluche noire, un loup tout mou, tout usagé, ou peut-être quelqu'un des siens, on ne le devinait qu'à peine. Mais ce qui fit que Siméon, les yeux aussi ronds que la bouche, retint un « Oh ! » prêt à sortir fut de voir un rayon de torche, comme un phare au bord de la nuit, illuminer dans la pénombre la chevelure ébouriffée de la demoiselle en question. Elle n'était pas rousse, mais rouge. Elle n'était pas rouge fuchsia, ce qui aurait pu convenir à une experte en art moderne, mais rouge à stopper un camion sur une piste du désert. Elle découvrit son corps chétif pour accueillir son homme au lit. Malgré ses yeux cernés de noir jusqu'au milieu de la figure, son sourire enfantin émut les trois cachés, l'œil aux fentes moisies, qui maintenant, chacun pour soi, épiaient ce couple barbare et pourtant étrangement doux. Le jeune homme s'agenouilla et se pencha sur sa compagne. On aurait pu l'estimer nu si son dos n'avait pas été, de la nuque aux banlieues des fesses, tatoué de slogans mystiques hélas impossibles à gommer. Elle prit dans les mains son visage, elle baisa sa bouche, son front et sa crinière d'Iroquois, puis s'étira, et ronronna :

– Fais-moi du bien, dis-moi du beau.

Il répondit :

– Du beau d'abord.

Un livre était posé sur un tas de chiffons que la lampe, à côté, peuplait d'ombres fantasques. Il le prit à tâtons, tourna vers lui sa lampe. Il dit :

– Tu te souviens ? C'est toi qui l'as trouvé.

Elle répondit :

– Le banc, à la gare de Sète. C'est toi qui l'as vu le premier. Il y avait au milieu une page marquée par un bout de journal.

– Je l'ai ouvert. Page cent vingt, des mots écrits pour nous, pour toi. Je n'ai pas osé te les lire. J'ai craint qu'ils te fassent pleurer.

Elle baisa sa joue. Elle lui dit :

– N'aie pas peur, je ferme les yeux.

Elle serra sa peluche, elle se pelotonna, le bras de son homme en écharpe autour de ses épaules nues. Il dit, comme on s'excuse :

– C'est de la poésie.

Elle ne répondit pas. Il lut :

De tout ce qui te bouleverse et de tout ce qui te ravit,
pétris ton pain de chaque jour.
L'amour est ivresse, ma fille, il n'est ni corde ni prison,
et la vie est un long voyage, beaucoup plus long que tu ne crois.
Un jour, tu poseras ton sac au seuil de la maison paisible,
Et tu sauras enfin que celui qui t'espère depuis la naissance du temps est un enfant de pauvres gens qui joue près d'une porte ouverte dans la poussière du chemin.

Il se tut. Il ferma le livre. Sa compagne, en larmes, sourit. Il ne vit pas pleurer Clément qui s'essuyait les joues dans l'ombre. Il avait à peine écouté. Il n'avait voulu voir, agrippé à ses planches, que le visage barbouillé d'une enfant sainte aux cheveux rouges oubliée du monde et de Dieu dans une ruine de campagne. Il sut qu'elle l'accompagnerait jusqu'aux portes de l'autre monde, et qu'il n'en dirait jamais rien. Il entendit sa voix (ce ne fut qu'un murmure) pour la dernière fois :

– Pose le livre, éteins la lampe et fais-moi l'amour maintenant.

Il sortit seul sur le chemin. Siméon fit rouler sans bruit la brouette au clair de la lune. Édouard enfin les rejoignit. Dès qu'ils furent assez éloignés pour n'être entendus de personne :

– Des punks ! grogna l'homme des bois. Non mais vous avez vu la fille ? On me paierait, j'en voudrais pas !

Comme les autres se taisaient :

– On a beau tout organiser, il suffit d'un caillou vicieux dans une chaîne de vélo pour que tu finisses la course sur la moto de l'aumônier. Des punks chez nous ! Et pourquoi pas des extraterrestres à la messe ?

Il désigna d'un coup de nez le lourd suaire imperméable et ronchonna, le front penché :

– Il y a du vrai mort, là-dessous. Tu le fous dehors par la cave, il te revient par le grenier. Il ne veut pas du cimetière. Vous avez beau dire et beau faire, ça se révolte, dans ce sac.

Ils s'en revinrent à la maison.

Constance accueillit son Édouard avec la raideur d'une élève satisfaite de son devoir.

– J'ai écrit à Loulou, mon mari, lui dit-elle. Je le préviens que je divorce. Lis ma lettre, chéri, j'y tiens.

L'autre lui répondit, morose, que rien n'était allé comme il l'aurait fallu, que Blaise était toujours à portée de gendarme et que pour l'heure il avait soif. Il s'assit. Elle posa près de lui, sur la table, une page et demie de lignes impeccables. Elle lui servit un verre d'eau, toujours aussi gravement droite, et attendit qu'il l'ait vidé. Clément se trouva une chaise à côté de son compagnon. Il dit, pensif :

– Échec, mais magnifique échec. Échec inoubliable.

Et Félicité :

– Où est-il ?

– Je suis là, près de vous, ma chère, dit la voix du mort amoureux.

Elle, la main devant la bouche :

– Ne me joue pas les galants doux, tu me fais tourner grenadine.

Elle retint un rire amoureux. Elle sortit. Les autres suivirent. Constance, brandissant ses presque deux feuillets :

– Édouard chéri, ne l'oublie pas, je la pose sur le buffet. Tu la liras quand tu voudras.

Ni le paquet ni la brouette n'étaient plus au bord du jardin. Ils appelèrent Siméon. Il sortit de l'ombre, rieur, les mains enfoncées dans les poches. Une rafale de questions l'arrêta plus loin que prévu.

– Ne tirez pas, dit-il, j'avoue. Je l'ai caché. Et maintenant, cherchez, fouinez, batifouillez à quatre pattes. Si vous le trouvez, j'ai perdu. Sinon, c'est que la cache est bonne. Et alors, plus besoin d'aller le pendre ailleurs, votre assassiné romanesque !

La lune estima opportun de s'ennuager la figure. Félicité tourna la tête et dit, sévère, à l'air du soir :

– Blaise, je ne plaisante plus. Dis-moi, c'est grave. C'est un ordre. Où ce baudet de Perpignan a-t-il pu fourrer tes habits ?

Un rire sec lui répondit et s'éloigna dans la nuit calme. Constance s'en revint dedans relire une dernière fois, à voix puissamment murmurante, les mots cruels, quoique polis, de sa démission conjugale. Édouard et Clément s'avancèrent, le pas guerrier, sur Siméon.

7

« Si tu avances, tu es mort. Si tu recules, tu es mort. Alors, fils, pourquoi reculer ? » Ce proverbe cent fois entendu de son père traversa Siméon à l'instant où il vit les deux hommes épaissis par l'ombre environnante foncer résolument sur lui. Cet adage zoulou surgi à l'improviste, curieusement, l'amusa plus qu'il ne fit trembler ses genoux. « Tout compte fait, se dit le simple en cinéma accéléré (car les brutes arrivaient sur lui), s'il y en a un qui tient le bon bout du bambou, c'est bien Siméon qui se parle et qui s'écoute en même temps. Je sais, comme on dit chez les riches, où gît le corps du soi-disant. Ils me supplieront à genoux de leur vendre l'information. Je suis bon, j'aurai pitié d'eux, je leur ferai un prix d'ami. Je récupérerai la bâche qui d'ailleurs ne m'appartient pas et chacun s'en retournera à ses urgences machinales sur la planète Mars ou plus loin, à Paris. C'est dommage, on s'amusait bien. Mais à quoi ils jouent ? Au rugby ? »

– Du calme, les gars, on respire, inspir, expir. On se détend. On s'embrasse ? Non ? C'est pas grave. Alors vous me lâchez le col, s'il vous plaît, je manque de vent.

Édouard, nez contre nez :

– Il est où ?

Et Clément :

– Tu la vois, ma voiture ? Elle est prête à partir. Alors je compte jusqu'à dix. Tu nous dis à l'oreille où tu as planqué l'oncle, tu vois de qui je veux parler, ou je t'amène à l'hôpital. Et sache bien qu'un hôpital, c'est pire qu'un commissariat. On t'endort. Quand tu te réveilles, tu as tellement mal partout que tu appelles ta grand-mère en latin gréco-andalou sans rien connaître du dialecte.

Siméon étira le cou aussi haut qu'il lui fut possible au-dessus de sa veste aux revers empoignés, comme si l'eau de la noyade lui clapotait au ras des joues. L'hôpital de Toulouse ? Enfer siméonesque ! Il l'avait fréquenté au vieux temps où son père, des tuyaux plein le nez, le regardait partir vers huit heures du soir sans même pouvoir dire : « Au revoir, à demain. » Un hurlement jaillit de sa gorge entravée, plutôt un gémissement rauque, mais il n'avait en magasin rien d'autre que ce borborygme signifiant à peu près qu'il souhaitait voir Félicité apparaître sous les étoiles. La porte était ouverte. Elle sortit sur le seuil, hésita un instant, capta la rumeur de discorde et fonça droit sur le trio. Son ombre vaguement dansante à contre-jour brandit sa canne dans l'air noir. « Carabosse », se dit Édouard. Lui vint un bref ricanement. Il lâcha pourtant le bonhomme et leva, méfiant, un coude protecteur contre le bâton qui venait, tournoyant au-dessus des têtes. Elle cria :

– Vous n'avez pas honte ? À la maison, voyous, et plus vite que moi !

Clément lui répondit, offusqué :

– Tout de même.

Protestation sans épaisseur, mais de fait assez apaisante pour amener les combattants à rajuster leurs vêtements, tandis qu'elle tapotait le dos de Siméon qui toussait, le souffle perdu, et paraissait chercher ses yeux tombés par terre entre ses pieds.

Elle les ramena tous, sa canne sur l'épaule, vers la lumière du dedans.

– Je vous ai promis l'ananas, dit-elle en franchissant le seuil, dernier cadeau de notre ami avant son départ matinal chez sa demoiselle *Frou-Frou*. Vous ne l'avez pas mérité, mais l'important, mes chenapans, est que nous pensions à l'absent (je parle, Blaise. Tu te tais) quand nous dégusterons ce fruit communautaire qui a changé le cours de ma trop longue vie et que Constance, sacrénom, est en train de nous massacrer. Vois, tu fais des parts inégales, tu as pris le mauvais couteau. Laisse-moi faire. Sers à boire.

La jeune femme se raidit, fit une moue noble du genre adieu-je-pars-tant-pis-pour-vous, jeta le couteau sur la table et remplit les verres tendus par les convives silencieux. Devant celui d'Édouard, le goulot dérapa.

L'amant lécha ses doigts mouillés et sourit à la maladroite. Elle l'examina froidement, baissa le front et dit tout sec :

– Tu n'as même pas lu la lettre. Sois franc, pour une fois. Avoue que tu t'en fous.

Et comme il inspirait un brin d'air défensif :

– Je ne te le reproche pas, je le constate, voilà tout.

Ce qui vint à son homme, à cet instant précis ? Une sorte de mouche noire brusquement sortie du sommeil. Elle se mit à tournoyer lourd dans son esprit soudain désert, à bourdonner, exaspérante, à se cogner furieusement contre les murs de son esprit. Il fallait qu'elle sorte. Elle sortit. Édouard dépassait sa compagne d'une demi-tête, à peu près. Il aggrava leur différence. Sa nuque s'allongea, il haussa le menton et lui lança ces mots sonores :

– Si tu veux de ma compagnie, il est grand temps, ma bonne amie, que tu débarbouilles ton crâne de quelques scories malvenues. Je vais faire simple. Tais-toi. Pour une fois, comme tu dis, tu me regardes et tu m'écoutes. Que tu veuilles tout ordonner, c'est ta généreuse nature. J'admets que tu me plais ainsi. J'avoue même que tu m'émeus. Commande donc à qui tu veux, mais pas à ton homme, cousine. Autant que je pourrai le faire, je te servirai par amour, mais jamais par commandement. Tes airs offusqués, tes caprices, tu les laisses sur le trottoir, tu les réserves, s'il te plaît, à tes victimes consentantes, mais sache bien qu'ils ne vont pas avec les couleurs de ma vie. Je n'en veux pas. Est-ce assez clair ?

Et haussant la voix d'un étage :

– Quant à ta lettre à l'ex-Loulou, tu devrais savoir, nom de Dieu, que je n'écoute pas aux portes, qu'elles soient de bois ou de papier. Je suis flic, soit, mais je me soigne. Je pratique les arts martiaux. Je ne suis pas un grand guerrier, mais où que m'amène la vie, j'évite de me faire honte. En bref, je ne lis pas les lettres qui ne me sont pas adressées. Tu soldes donc tes vieilles fringues de madame je-fais-tout-bien, et tu me reviens toute nue. Post-scriptum : cela va sans dire, mais tu serais bien inspirée de te le tatouer profond, ne m'appelle jamais Loulou. Jamais. Compris ? Au grand jamais !

Couinement de souris, joues rouges :

– Oui, Édouard.

Elle tourna les talons, l'air vague, hésita sur sa direction et dit enfin pour tout le monde, sur le même ton adouci :

– Je vais me coucher. Bonne nuit.

Comme elle trottait à l'escalier, la voix de Blaise, au coin du feu :

– Voyez-moi la belle pécore, comme elle file doux, tout à coup !

– Moi, je trouve ça érotique, lui murmura Félicité.

– Érotique, vraiment ? Tu crois ?

– Je t'apprendrai, répondit-elle.

Et jouant la scandalisée :

– Mais il m'a tutoyée, ce fou !

– Alors quoi, vous ne cherchez pas ? dit Siméon, le nez planté dans une tranche d'ananas.

– Non, répondit Édouard, encore furibond. Tu l'as caché ? Très bien, plus besoin de s'en faire. Tu te débrouilles avec. Je vais au lit. Salut.

Il sortit dans la cour, ne chercha même pas sa chambre sous la lune, revint dedans, le pas tonnant, renversa en passant une chaise innocente et s'engagea dans l'escalier comme un fantassin à l'assaut. Siméon, désolé :

– Enfin, monsieur Clément, je voulais, moi, vous amuser, vous faire passer la soirée comme entre amis, à la campagne. Vous auriez farfouillé autour de la maison, et je vous aurais dit : « C'est froid, c'est chaud, ça brûle. » Souvenez-vous, Félicité, nous faisions de ces jeux au temps de l'amerlo.

– Pauvre enfant, dit-elle, c'est loin ! Aujourd'hui, on vous momifie dans une bâche de charrue, on en discute en TGV, on parie des dîners de riches, c'est un autre temps, mon petit !

Clément, ronchonnant, le front bas :

– Il a salopé mes dossiers, il nous a coincés chez des punks, et maintenant, soyons contents, il nous a piqué le cadavre.

Long silence pesant. Enfin, la voix du mort dans le dos de Félicité :

– J'ai suivi Édouard, à l'instant. Il ne s'est pas trompé de porte. Enfin, il est chez qui tu sais. J'y retourne. Je te dirai. C'est vrai que tutoyer c'est quand même autre chose.

Siméon, la mine accablée :

– Eh bien, bonsoir la compagnie, je m'en retourne à mon terrier.

Il salua d'un doigt au bord de la casquette et s'en alla, le pas traînard. Clément mit une bûche au feu, s'installa dans le vieux fauteuil, ouvrit sur ses genoux ses feuilles de graphiques. Félicité, derrière lui, effleura des lèvres sa tempe. Elle dit :

– Demain, il fera beau.

Elle rejoignit Blaise, là-haut.

Il ne lui laissa pas le temps de s'asseoir sur son édredon. Il dit, virevoltant autour de ses cheveux :

– Tu ne vas pas me croire. À peine dans sa chambre, sais-tu ce qu'elle a fait ?

– Elle a laissé tomber tous ses habits par terre.

Il lui répondit, étonné :

– Comment le sais-tu ?

– Je devine. Elle s'est couchée nue sur le drap et elle a attendu son homme.

– J'étais là quand il est entré. Pas un mot. Elle n'a pas bougé. Il s'est avancé vers le lit. Il aurait eu l'air d'un docteur, j'aurais dit : « Il va l'opérer. »

– Elle avait envie de pleurer.

– Pas du tout !

– Je te dis que oui. Pas de chagrin, de peur du loup. De peur délicieuse, sauvage.

La voix du mort se fit errante. Il chercha les mots, les trouva :

– De peur érotique, tu crois ? Je n'ose pas comprendre exactement ce mot, mais je sens qu'il dit à peu près ce qui me semble inexprimable. Tudieu, depuis que je suis mort, je me tricote de ces phrases !

– J'ai remarqué. Je prends sur moi, mais ça m'horripile. Passons. J'espère que tu es parti avant qu'il écrase son ventre.

– Oui, mais enfin, on les entend. On se fait une idée, quand même. Cela dit, quand ça se complique (et là, ils déménagent ou quoi ?), on n'arrive plus, par moments, à imaginer les figures.

Ils écoutèrent un long moment, puis elle vint sous le plafonnier et dans la lumière tranquille, sans s'inquiéter de la présence du désincarné aux yeux verts, elle ôta sa veste, sa robe, ses bas, son peigne de chignon. Comme ses cheveux blancs rhabillaient ses épaules, elle murmura :

– Dis, tu me vois ?

– Oui. Mieux que ça, répondit Blaise, je te regarde et je t'attends.

Elle se glissa entre les draps, elle soupira, elle dit encore :

– J'aime bien que tu me tutoies.

– Crois-tu que nous nous marierons ?

Elle éteignit la lampe et sourit dans le noir.

Elle se réveilla la première et descendit à la cuisine où seul le frigo ronronnait. Elle jeta un coup d'œil dehors.

Au milieu de la cour déserte, comme abandonnée aux bons soins de quelque passant secourable, elle ne vit qu'elle : la brouette et sa longue momie dedans. Elle sourit, pensa : « J'en étais sûre » et fredonnant une chanson sans paroles et sans vraie musique, elle s'en revint à sa bouilloire qui commençait à siffloter. Un bruit de pieds nus, à l'étage, fit à nouveau rire ses yeux. Les marches réveillées ne grincèrent qu'à peine. Constance apparut en chemise, ébouriffée, les yeux froissés. Et comme elle balbutiait un bonjour avenant mais visiblement éreinté, Félicité emplit deux bols et lui désigna la fenêtre d'un coup de menton amusé. L'autre, soufflant sur son café, s'en fut coller son front à la vitre embuée. Elle s'éveilla soudain comme un buisson d'oiseaux s'envole au coup de feu. Elle courut droit à l'escalier.

– Doudou, Clément, réveillez-vous, Siméon a ramené Blaise !

Félicité, à son fourneau :

– Tant que tu as la bouche ouverte, dis-leur qu'il n'y a pas de croissants, mais qu'il reste de l'ananas.

La maison s'anima d'un coup. Ils furent tous, bientôt, à beurrer leurs tartines, à commenter l'événement, à s'étonner de l'épilogue qu'ils redoutaient plus inquiétant. Félicité, servant ses hommes :

– Il serait, je crois, convenable de remercier Siméon pour son geste d'apaisement. Il a dû mal dormir, le pauvre.

– La bâche, dit Clément, est à peine hermétique. Elle

commence à puer vilain. Si les Eugène-Célestin viennent faire leur tour de France de ce côté-ci du canton, nous risquons d'avoir de la peine à leur fourrer sous le képi que la momie est égyptienne et la brouette en or massif.

Édouard, encore ensommeillé, le regard tendrement lubrique errant sur les seins de Constance aux tétons fièrement pointus sous sa chemise débraillée :

– L'Œil-Doux, c'est beau, c'est mystérieux. Qu'en pensez-vous, dites, pour Blaise ?

Une minute de silence.

– Pourquoi pas ? répondit Clément. À ce qu'on dit dans le pays, il est sans fond. Comme la vie.

– Blaise est pour, dit Félicité. D'autant qu'il connaît bien l'histoire.

De fait, l'assassiné plus vivant que jamais n'avait pas exprimé d'avis, occupé qu'il était, infatigable et tendre, à lui roucouler dans le cou d'imaginatifs mots d'amour. Elle s'agita, elle dit, gênée :

– Blaise, voyons, il y a du monde.

Instant étrange, tout à coup. Ils regardèrent tous Constance et cessèrent de mastiquer, tandis qu'elle demandait au vieux buffet verni, au fond de la cuisine, l'œil vaguement somnambulique et sa tranche de pain beurré entre sa figure et le bol :

– Comment s'appelaient-ils, déjà ?

– Le garçon Blanc-d'Argent, et la fille Héloïse, lui répondit Félicité.

Il leur fallut apprendre aux autres ce qu'elles savaient de ces deux-là. Elles parlèrent amoureusement, comme l'on fait sans y penser, quand les mots s'arrangent tout seuls.

C'était une de ces légendes que l'on racontait à mi-voix, les soirs de pluie et de vent triste, en tisonnant les bûches au feu. Le père d'Héloïse était seigneur des bois, des champs de blé, des quatre sources et du vieux moulin de rivière au bas de son château perché. Blanc-d'Argent n'était rien. Fils de berger sans terre. Dès leur jeune âge, un jour d'été, dans une clairière cachée qu'ils aimaient de même affection, ils s'étaient promis l'un à l'autre. Personne n'en avait rien su, sauf la forêt, quelques oiseaux et la hutte de branches vertes qu'ils s'étaient bâtie en secret, à l'abri des gens du village autant que du maître, là-haut. Ils avaient cheminé dans leur lumière intime jusqu'à l'âge où les pères nobles mariaient leur fille, en ces temps. Un dimanche matin, à l'heure de la messe, ils étaient entrés dans l'église, fièrement, en heureux amants. Ils avaient alors découvert que l'amour n'était pas aimé chez les vivants de ce bas monde. On avait chassé Blanc-d'Argent, on avait insulté son père, on avait brûlé sa maison et dans la chambre d'Héloïse on avait interdit les lampes, verrouillé les quatre volets et planté deux sœurs catéchistes sur le paillasson de l'entrée.

– À quoi bon vous raconter plus, dit Félicité, l'œil mouillé. Je ne sais comment ils ont fait, mais ils se sont enfuis, dit-on, une nuit d'étoiles filantes.

– Blanc-d'Argent, dit Constance, a estourbi les

nonnes en deux gifles de rugbyman. C'était un jeune homme brillant. Il a délivré sa compagne. On les a poursuivis dans les couloirs sans fin, puis dehors, sous la lune courbe, comme les pires des brigands.

Félicité, la mine fière :

– Ils ont traversé le hameau qui n'existait pas en ces temps mais qu'importe, ils sont passés là, entre le jardin et la porte.

– Les cavaliers les ont traqués jusqu'aux derniers arbres du bois. Ils se sont vus cernés, perdus. Bâtons et piques sont venus à leur rencontre, au bord du gouffre. Alors sans un cri, sans un mot, sans un regard au ciel de Dieu, chacun tenant la main de l'autre, ils se sont envolés vers le fond de l'Œil-Doux. On dit que les femmes ont pleuré quand elles ont entendu l'histoire. Ni les hommes ni les enfants. Seules les femmes. Vous et moi.

Long silence doux et pensif, puis Clément et Félicité débarrassèrent les couverts sans souci d'Édouard et Constance, toujours attablés face à face, les mains unies parmi les miettes et les restes de l'ananas. Elle murmura :

– Regarde-moi. Tu es ému. Je sais pourquoi.

Il répondit :

– Ne le dis pas.

Puis à voix presque imperceptible :

– Il me semble que je les vois.

– Moi aussi, Édouard, moi aussi.

Clément, qui balayait, s'en vint à la fenêtre, et planté droit dans sa lumière, contemplant la brouette et son mort revenu :

– Il nous l'a ramené. Parfait. Mais tout de même, J'aimerais bien savoir où ce bouffon des bois avait pu le camoufler.

Félicité, à la vaisselle :

– Allons, tu n'as pas deviné ? Au beau milieu de la remise, derrière la charrue, voyons !

– Derrière quoi ? Vous plaisantez ! Je croyais Siméon plus imaginatif.

– Et toi, monsieur l'intelligent, tu serais passé là, devant la porte ouverte, sans le moindre coup d'œil dedans. « Quand le diable veut se cacher, il dit bonjour à tout le monde. » Proverbe andalou. Note-le. Pour les cerveaux armés comme des châteaux forts, seul l'embrouillamini est digne d'intérêt. Le simple (ils disent : le trop simple), si tout le monde peut le voir, à quoi bon s'arrêter devant. Tu serais donc parti labourer la forêt en pestant contre le benêt supposé plus tordu que toi.

– Eugène et Célestin seraient tombés dessus avant même d'avoir décrotté leurs godasses.

– Évidemment, ce sont des sages. Ils ne pensent pas, donc ils voient.

Et comme il n'osait pas lui poser la question qui faisait pétiller ses yeux :

– Je suis comme toi, mon petit, j'aurais vadrouillé dans le bois, j'aurais remué les buissons, j'aurais exploré des cachettes hors de portée d'un sain d'esprit. Mais moi, j'ai Blaise. Il m'a tout dit.

Ils rirent ensemble, puis Clément, s'installant sur un coin de table devant son tas de feuilles annotées de partout :

– Blaise aura donc son lit dans l'eau noire de l'Œil. Je crois qu'il y dormira bien, et nous irons faire la paix avec votre cher Siméon.

Elle répondit, la mine tendre :

– C'est un fou comme on en fait peu, il faut être bon avec lui. S'il a le sentiment d'avoir fâché quelqu'un, il se croit aussitôt abandonné de tous, mourant seul, enfermé dans sa bicoque vide.

– Ce soir, si vous voulez, il dînera chez nous, et puis je reprendrai la route.

– Oh déjà, dit Félicité.

À l'instant où Clément, au milieu de la cour, soulevait la brouette et son chargement raide :

– Salue ma carcasse pour moi, et souviens-toi que je t'attends, dit la voix de Blaise, paisible, à côté de Félicité.

Elle était sur le seuil et Constance, à son bras, regardait s'éloigner son homme. Elles firent toutes deux un signe d'au revoir, l'une au mort et l'autre au vivant. Ils eurent bientôt disparu sur le chemin troué d'ornières. Comme la jeune femme allait à la remise chercher une brassée de bois, Félicité, déjà dedans, murmura :

– Blaise, tu es là ?

– Évidemment, bougonna l'autre.

– Eh bien tu as tort. Rejoins-les, et reviens, s'il te plaît, me rassurer l'oreille. J'ai un mauvais pressentiment. C'est normal, j'ai mal aux orteils.

– *Adieu, je pars*, fredonna Blaise, déjà sorti sous le ciel bas.

Ce n'était pas une réponse, mais un bout de vieille chanson. Il eut tôt fait de rattraper les transporteurs occasionnels de momie extrême-occitane. L'anesthésiste était trop lent. Édouard s'en était agacé. Il avait donc pris les devants et pilotait le véhicule parmi les traîtrises du sol avec la rage concentrée d'un déménageur décidé à livrer sa charge au plus vite. Clément suivait, l'oreille ouverte aux moindres rumeurs du sous-bois. Il prit soudain son compagnon par son biceps dur comme un os, fronça les sourcils et dit :

– Halte.

Ordre pressant mais inutile. Ils étaient déjà arrêtés. Édouard lâcha les mancherons et s'essuya du bras le front.

À gauche du sentier pentu, des bruits de fagots remués paisiblement accompagnés d'une mélopée solitaire jouaient avec des cris d'oiseaux.

– Siméon, murmura Clément. Décidément, il est partout. Il nous traque ou je dramatise ?

Ils rampèrent derrière un roc.

– Je vais pousser Blaise à l'abri, il vaut mieux qu'il ne le voie pas, dit Édouard, observant l'au-delà des broussailles. Toi, tranquille, mine de rien, va lui faire un brin de causette. Chante-lui « Le temps des cerises » si ça te va comme ça vient, mais évite qu'il nous encombre.

Clément, d'un coup de front, accepta la mission, se redressa, visa la cible et soufflant vaillamment, la bouche en cul de poule, un semblant d'air mélancolique (il n'avait jamais su siffler) il s'approcha de la clairière où il ne vit d'abord que l'âne parmi les rayons de soleil qui jouaient avec les feuillages. Il paraissait dormir debout, tandis que Siméon suait à charrier dans sa carriole des brassées de bois ficelées.

– Monsieur Clément !

Sourire large. Fagot jeté sur ses pareils. Il se moucha d'un coup de manche et dit encore, un peu gêné :

– Vous avez bien reçu votre paquet-cadeau ? Le faux cadavre, dans la cour, avouez qu'il vous a surpris. Non, ne me remerciez pas, ça ne m'a pas coûté grand-chose. Je n'arrivais pas à dormir. Je me suis dit : « Ramène-le, au moins, ça te fera passer un petit quart d'heure de nuit. » Oh, il n'était pas loin !

– Je sais, dans la remise.

L'autre, soudain admiratif, hochant la tête et soulevant sa casquette jamais lavée :

– Vous êtes un savant, dit-il, et moi un pauvre nain des bois.

Édouard parut entre les branches. Siméon l'accueillit, rieur. Il lança :

– Voilà la police !

Il fut seul à s'en amuser. Il dit encore :

– Joli temps. C'est à l'Œil-Doux que vous allez ? Bonne idée, belle promenade. Vous aurez de la compagnie.

Clément, alerté :

– Des touristes ?

– Oh que non, des fouilleurs de trous, des spélé je ne sais pas quoi. Bien aimables, on ne peut pas dire. Pas au point de me saluer (je les ai croisés tout à l'heure, ils ont fait peur à mon baudet) mais entre eux ils se disent « tu » et s'appellent par leur prénom, signe qu'ils sont bons camarades.

Édouard, Clément, regards croisés. Jurons jumeaux inexprimés clairement lus dans l'œil de l'autre, tandis que Siméon poursuivait sans encombre son catastrophique exposé :

– Ils veulent plonger dans le gouffre et chercher les petits noyés, vous savez, la pauvre Héloïse et mon ancêtre Blanc-d'Argent, selon mon intuition profonde. Alors là, je dis : stop, ingérence étrangère. Les chéris sont chez eux dans ce joli trou-là. Que des malandrins en caoutchouc viennent se vautrer dans leur lit me paraît aussi révoltant que de voir un avion anglais bombarder un nid de mésanges. Qu'en pensez-vous, monsieur Édouard ? Vos oreilles sont toutes rouges.

Édouard, en silence, hurlait. Il lui semblait qu'il avait mal ailleurs que dans sa propre chair. Sensation confuse, effrayante, en tout cas jamais éprouvée. Il s'ébroua. Elle disparut. Il entendit Clément, au loin. Il était pourtant à deux pas.

– Pouvons-nous t'aider, Siméon ?

– Hé, vous risquez un tour de reins, répondit l'autre, tout sourire.

C'était façon d'être poli. Il avait envie d'amitié. Comme les deux lui affirmaient qu'ils avaient besoin d'exercice :

– Les fagots, attention, messieurs, bien alignés dans la carriole.

Les deux pouces dans la ceinture il les regarda un moment jouer les coltineurs boisiers, tout fier de se voir le patron d'apprentis aussi conséquents. Il en fut même si content qu'il souleva sa patte droite et lâcha un pet de clairon. Il dit à Édouard qui passait, le front à hauteur du sternum sous son tas de futures cendres :

– Je vais en profiter, nom de Dieu de bonsoir, pour en raccourcir quelques-unes.

Il ramassa un lot de grosses branches nues, avisa une pierre plate, posa sa savate dessus et se mit à casser du bâton de campagne sur sa cuisse tendue devant. Clément l'observa un moment, puis laissa tomber son fardeau et s'en vint à côté de lui. Siméon lui dit :

– Regardez. Même à la foire de Narbonne, chez le faux Turc briseur de tout, vous ne verrez jamais, mon cher, ce que vous allez voir ici. Des comme celle-là, mon père les tranchait en autant de bouts qu'il voulait. Eh oui, monsieur, dans ma famille (il tapota son pantalon), là-dedans, c'est que du granit.

– Tu vas te blesser, dit Clément, en lui agitant sous le nez un index de maître d'école.

Siméon cracha dans ses mains, empoigna ferme son bâton, l'abattit sur sa cuisse droite et tomba de cul en braillant qu'ouh là là nom de Dieu j'ai mal qu'est-ce qu'il m'arrive. La branche était encore droite. L'os du fémur ne l'était plus.

8

– Tu as toujours mal aux orteils ? murmura Blaise, rigolard, dans le cou de Félicité.

Elle sursauta. Elle s'inquiétait du long silence de Constance qui, entre deux moments de stylo suspendu, notait dans un carnet de poche elle ne voulait pas dire quoi. La vieille maîtresse d'école laissa aller ses mains sur l'écharpe infinie qu'elle tricotait, de préférence, par temps couvert de gros soucis, ferma les yeux et marmonna :

– Mon pauvre cher, si tu savais ! Le mal empire d'heure en heure. Les doigts de pied, ça ne ment pas. Si ça gronde dans les chaussettes, c'est qu'il y a du malheur dans l'air.

Et jouant la sainte martyre :

– Allons, avoue. Quelles nouvelles ? Ne m'épargne pas, s'il te plaît. Tu sais que je peux tout entendre.

Elle s'enfonça dans son fauteuil, contempla le feu familier, poussa un soupir gémissant, quoique teinté de volupté, sourit à peine et dit encore :

– Mais d'abord, fais-moi un câlin.

Un frisson descendit de sa nuque à ses fesses, elle s'agita un peu du bas, geignit encore et dit enfin :

– C'est catastrophique, vraiment ?

Blaise, un moment, parut peser le degré de nocivité de l'alcool qu'il allait servir, puis répondit à voix d'expert :

– En vérité, c'est assez lourd. Inattendu, certes, fantasque, mais ne nous voilons pas la face, notre avenir n'est plus ce qu'il était tantôt.

Il lui conta l'événement.

Elle l'écouta, l'air attendri comme une grand-mère indulgente au récit de frasques d'enfants.

– Bon, dit-elle, restons pratiques. Tu confirmes, il n'y a pas de morts. Par rapport à ces jours derniers, c'est un progrès considérable.

Elle se rajusta le chignon, redressa sa tête penchée, et volubile, tout à coup :

– Décidément, mon cher, nous ne gouvernons rien. L'imprévu, voilà notre maître. Le hasard, plus ou moins heureux. Mais qui se cache, qui nous guette derrière ces mots sans contours ? Siméon, ses fagots, son fémur agressé par un bâton voyou, des spéléologues à l'Œil-Doux, pourquoi pas des marchands de frites, et tout cela sur un chemin où tu as vu passer quelqu'un ? Moi, une fois l'an, et encore ! Qui joue ainsi avec nos vies ?

Elle se tut, reprit son ouvrage, l'interrompit encore un coup.

– Je refuse de m'inquiéter. Il y a quelque chose à trouver dans ce fatras qui nous remue. Tout ce qui va et vient ? Spectacle. Je ne suis pas celle qui se passe, mais celle qui me voit passer. Belle pensée. Reste à savoir si elle est forte ou négligeable. Peu importe, je l'oublierai.

– Des spéléologues à l'Œil-Doux ? dit Constance, les yeux inquiets et les joues changées en feux rouges. Mais enfin, ils n'ont pas le droit !

Ce qu'elle notait, en vérité ? Des pensées de belle tenue qu'elle ne confierait à personne, sauf à Édouard, peut-être, elle verrait mais pas sûr. Elle eut un geste véhément. Son stylo vivement brandi cracha deux pâtés d'encre bleue sur son carnet philosophique. Elle allait poursuivre, debout, à voix de ténor d'opéra, quand la tricoteuse d'écharpe lui coupa l'herbe sous l'envol.

– Les voilà, dit Félicité.

Elle élargit, à droite, à gauche, en deux coups de hanche discrets, sa place au creux du vieux fauteuil et reprit sa danse d'aiguilles, apparemment indifférente à l'arrivée au camp de base des grognards napoléoniens. Clément, son grand blessé au travers de l'épaule et son camarade bourbeux poussant le mort embrouetté firent halte un moment au milieu de la cour malgré les coups de vent mouillé qui tentaient d'arracher leur veste. Constance, en quelques pas de charge, se retrouva pieds nus dehors à l'instant où la giboulée s'abattait sur le territoire. Clément, courbé, soufflant, râlant, tituba jusqu'à sa voiture, engouffra Siméon sur la banquette avant, s'assit à côté, démarra et vira de bord sous les arbres. Édouard, plus qu'éreinté, tomba sur la brouette au fond de la remise, ôta son vêtement pour abriter Constance et tous les deux coururent à la cuisine chaude où dès le seuil ils s'ébrouèrent en semant des ruisseaux partout. Félicité :

– La serpillière ! Je glisse, moi, dans le mouillé !

Comme ils s'affairaient tous les deux :

– C'est bien, venez vous réchauffer. Attention à mes pieds, que diable, je me les sens comme en cristal. Le moindre contre-ut, même faux, de cantatrice toulousaine les ferait voler en éclats. Rajoute une bûche, Constance.

Et d'un coup de menton désignant le dehors :

– Où sont-ils partis, les malins ?

Édouard, grelottant :

– À Toulouse. Hôpital universitaire, c'est là que travaille Clément.

– À l'hôpital ? Mort de ma mère ! Siméon ne supporte pas, il préfère le cimetière, il dit qu'on y torture moins. Il s'évadera, c'est certain.

Et les sourcils froissés soudain :

– Il s'évadera, doux Jésus, mais pour aller où, le pauvret ? Toulouse ! Il n'y connaît personne, il va se perdre. En plus, boiteux !

– Sœur de mes nuits, murmura Blaise, j'ai compris. Je lui cours après, je lui parle, je le console, je reviens et je te dis tout.

– Tu ne rattraperas jamais une automobile allemande

conduite par un médecin. C'est humainement impossible. Tu vas te fatiguer pour rien.

– Chez les morts, on y pense, on y est. C'est de l'instantané certes déconcertant mais pratique et plaisant à vivre. Tu devrais envoyer les deux mouillés au lit. D'ailleurs, ils en crèvent d'envie. Ils ont quelque chose à se dire, et pas mal à se faire aussi.

Son rire sortit sous la pluie.

Il se voulut dans la voiture, à l'instant même il s'y trouva. Banquette arrière de ministre, monsieur Clément, chauffeur, devant, et Siméon, tenant à deux mains son fémur comme pour l'empêcher de fuir, seul à ne guère apprécier le calme cossu du voyage. Blaise n'avait jamais goûté à ces sortes de véhicules. Il s'y vautra en bon vivant, entendit gémir le blessé, bondit aussitôt à son aide, léger comme un ballon d'enfant, et dit, perché sur la casquette :

– Ne t'inquiète pas, camarade, où tu vas je viens avec toi. Les médecins ? Dors, je m'en charge. S'ils veulent la guerre, ils l'auront, comme on disait à la pétanque. Allons, tu me connais, que diable ! Te laisser tomber, moi ? Jamais !

À peine dits ces mots virils lui vint une grimace molle. En vérité, que pouvait-il ? Même pas tapoter sa joue, l'amuser, lui tenir la main, le distraire un peu de son mal. Lui vint une mélancolie de beau désir désorienté. Son compère gémit :

– Docteur, vous allez me couper la jambe ?

Et bougonnant, le front baissé :

– Si Blaise était là, je vous jure, il faudrait d'abord le trouer de la poitrine à l'os du dos avant que vos couteaux me saignent. Lui et moi nous étions unis, malheur, comme l'ongle et le doigt !

« Il me sent, pensa Blaise. Il sait que je suis là mais ne sait pas qu'il sait. Oh, quel dommage ! Oh, quel bonheur ! » Il rit, béat. Son cœur tout à coup s'emballa et le rouge envahit sa figure invisible. Clément, amusé, répondit à son ombrageux passager qu'on ne lui couperait même pas le sifflet, qu'on lui ferait une radio, qu'il ne risquait qu'un plâtre simple et qu'à son humble avis il n'était que fêlé.

– Je parle du fémur, bien sûr, précisa-t-il.

Il eut un sourire moqueur, revint à l'examen des panneaux d'autoroute, puis comme ils abordaient le faubourg toulousain, après un long moment d'indolence pensive :

– Et si tu apprenais, de source incontestable, dit-il, faussement léger, que Blaise est mort assassiné ?

Il lança de côté un coup d'œil aiguisé.

– C'est simple, répondit l'homme à la cuisse triste. J'attraperais son meurtrier et je l'enterrerais vivant dans le cimetière des pauvres après lui avoir enfoncé deux allumettes dans les yeux. Deux allumettes en feu, bien sûr. Puis je m'assiérais sur sa fosse et je crois que je pleurerais en attendant la fin du monde.

– Et de ton ami mort, dis-moi, qu'en ferais-tu ?

– Je le coucherais dans sa terre, sous les branches de

son pommier, et j'en planterais un deuxième pour moi, pour mon éternité. Chacun le sien, qu'on soit à l'aise. Mais enfin, Dieu merci, la question est bancale, car à cette heure, à mon avis, Blaise baise avec une Anglaise, ne vous en déplaise, mylord. Je blague mais j'ai mal.

Parking venteux de l'hôpital.

– Tu ne bouges pas, dit Clément. Tu ne touches à rien, tu m'attends. Je vais chercher des brancardiers.

Tandis qu'il s'éloignait, en petites foulées, sous les nuages bas, Blaise vint se poser où était le chauffeur, caressa le cuir de son siège, huma l'odeur de luxe inconnue de son nez, eut un rire enfantin et dit, tout attendri :

– Siméon, si j'étais vivant, je te raconterais je ne sais quoi d'idiot, des ridiculeries qui te feraient cogner du bout du doigt la tempe, ou des choses de tous les jours, des soucis de vélo, de chariot, de pets d'âne. Ni toi ni moi ne parlerions de ce rêve, de cet espoir que nous ne pouvons formuler mais qui nous tient depuis, peut-être, la nuit d'avant tous les matins. Je suis mort, tu ne m'entends pas. Je n'ai plus aucun mur autour et je peux dire maintenant ce que je n'osais pas penser. Nous bavardons de choses et d'autres, nous faisons semblant d'être forts, mais au fond nous ne désirons, hommes, femmes, enfants, vieilles gens, que d'être caressés, toute pensée défaite, que d'avoir des conversations de murmures et de mains amies, que d'être comme au premier jour, quand Dieu était encore un père qui nous souriait tendrement et nous berçait sur sa poitrine. Quel vivant n'a pas eu envie, un jour ou l'autre, de cela ? Tu dors, Siméon ? Je te parle. Tout de même, c'est pas poli. Non, non, ne te réveille pas, si tu te laisses aller ainsi c'est que j'ai rassuré ton os, il n'a plus peur des médecins, il ne se fait plus de souci. J'aimerais que tu te souviennes de cette parlote en auto. Tu l'imagineras peut-être, tu croiras que tu l'as rêvée. Voilà le brancard à roulettes, et notre ami qui va devant. Depuis qu'il est là, c'est bizarre, il a l'air pressé de partout, alors qu'au hameau il est lent.

Clément ouvrit grand la portière. Siméon qui ronflait contre elle faillit basculer dans ses bras. Il se réveilla en bataille, lança de-ci de-là les poings, reconnut son homme et lui dit :

– Merci, bonsoir, je n'ai plus mal. On s'en retourne à la maison. En mettant les gaz où je pense, on y sera pour l'apéro. Hé, ho, les blancs-becs, lâchez-moi, sinon je vous préviens, j'appelle les gendarmes !

Tandis qu'ils l'amenaient en hâte, un brancardier, lança, railleur :

– C'est un de vos amis, docteur ?

– Oui, non, enfin, c'est compliqué.

Ils s'engouffrèrent sous le porche.

« Et voilà, se dit Blaise, entré derrière lui, notre Clément est frais comme un poisson de luxe dans son aquarium familier. » Il s'étonna de son allure, de le voir plus droit qu'au hameau, plus délié, plus à son aise. L'anesthésiste donna des ordres précis, un coup à droite, un coup à gauche, fit quelques bises à qui voulait, conversa plaisamment avec des infirmières, puis accompagna Siméon à son destin hospitalier. Le boisier ne protestait plus, il ne bougeait plus, sauf des yeux. Il observait, l'air égaré, les alentours de son brancard et découvrait un chef aimable, ferme mais calme, incontesté, quoique pronostiqueur de rugby toulousain. Comme l'infirmier de devant poussait une porte battante :

– Nous allons faire une radio, dit Clément au blessé rural.

Et aux autres :

– On les bat, c'est sûr.

Il parlait d'un match à haut risque.

– J'aurai mal ? gémit Siméon.

– Terrible, dit un brancardier, grimaçant comme une gargouille.

L'autre serra les poings à s'enfoncer les ongles au milieu de la main et enferma ses yeux derrière ses paupières avec une force si vive qu'il s'en trouva fripé jusqu'aux tendons du cou. Il les rouvrit après l'épreuve, tandis que sa joue tapotée le ramenait à la vue claire.

– C'est ce que je pensais, lui dit Clément. Fêlé. Un plâtre léger suffira.

C'est alors que l'homme des bois se sentit de l'air dans les poils. Il se palpa le corps jusqu'au bas du nombril, et ses doigts soudain se crispèrent. Son pantalon gisait à côté de son corps, ce qui signifiait qu'il n'était plus dedans. Il en eut un début de panique pudique.

– Tu devrais plus souvent changer de caleçon, lui dit encore son bourreau et néammoins sauveur de jambe.

« Oh, cruauté des hygiénistes ! pensa Blaise, auprès du couché. Garde ton calme, mon frérot. On veut t'humilier ? Reste digne. Méprise. On t'amène chez le plâtreur, on te ravale, et nous partons. » Siméon referma les yeux et tira son froc sur son ventre.

– On va te faire un os tout neuf, dit Clément. C'est bientôt fini. Je te confie aux soins experts de mon infirmier préféré. Je t'attends ici, dans le hall.

« Une heure à perdre », se dit-il. Au-delà du portail de verre était un jardin aux bancs verts où des patients en pyjama traînaient d'ombre en soleil d'incertaines pantoufles. Il n'aimait pas ce square à la lumière tendre où l'on venait goûter au beau temps printanier après la traversée des tunnels maladifs. Comme il regrettait mollement de n'avoir pas son cher cartable débordant de dossiers savants, il vit une femme vêtue d'un imperméable à ceinture et d'une vaste écharpe en soie passer du dehors au dedans. Elle parut chercher son chemin parmi les allées et venues, puis l'aperçut. Elle s'arrêta. Elle hésita. Elle vint à lui. Il était quatorze heures dix. Il n'avait pas mangé depuis le bon matin. Faute de sandwichs au jambon apparemment indésirables dans ce temple des opérés, il s'apprêtait à visiter le distributeur de sodas, mais impossible, tout à coup, de le situer, de l'atteindre, de penser même l'approcher. N'étaient plus autour de son corps qu'un halo de couleurs sonores et, seule dans ce brouhaha, l'apparition qui s'approchait. Elle fit halte à deux pas de lui. Elle eut un sourire timide. Elle lui dit, surprise :

– Clément ?

Et comme il restait bouche ouverte, ahuri, mais non, impossible, c'est stupide, ce n'est pas toi, elle dit encore, les yeux tristes mais le menton haut, l'air vaillant, exactement comme autrefois :

– Je vois que tu m'as oubliée. Ce n'est pas grave, j'ai changé.

Il ne put que répondre, à voix rauque, ces mots abominablement idiots :

– Lucie, mais qu'est-ce que tu fais là ?

Il ne l'avait pas vue depuis bientôt dix ans. Il l'avait aimée. Follement ? Non, ce mot-là, pour lui, était trop convenu, il lui semblait presque futile. Il l'avait aimée pour toujours. Les autres femmes ? Un monde flou. Il avait su, hélas trop tard, qu'elle serait non pas sa moitié mais bel et bien sa vie entière. Il se voulait farouchement libre de tout lien durable en ce temps de belle jeunesse où il se nourrissait de science, d'enthousiasme, d'idéal. Il serait médecin où n'allaient pas les autres, en Afrique, au Sahel, il l'avait décidé. Il irait nourrir des enfants au ventre gonflé de famine. Elle devait patienter, l'attendre. Oui, bien sûr, il l'épouserait, elle serait sa maison bénie, au moins jusqu'à la mort et peut-être au-delà elle serait sa seule compagne (il aimait ce mot un peu vieux, il le trouvait presque sacré), mais pas tout de suite, Lucie, pas tout de suite, s'il te plaît. Elle n'avait rien dit, ce jour-là. Elle ne l'avait pas prévenu. Elle s'était embarquée sur un voilier sportif en route pour le tour du monde. Injoignable, effacée, enfuie dans des lointains inaccessibles. Un an, au moins. Le temps d'un deuil. Il n'avait pas imaginé subir un mal si ténébreux, un chagrin si méchant, un désespoir si tendre. Neuf années, quelques mois et quelques jours encore. Il lui faudrait compter combien, exactement. Elle dit :

– Te voilà revenu ?

Il répondit :

– Revenu d'où ?

– De ton aventure africaine.

– Je ne suis pas parti, Lucie.

Elle baissa la tête. Elle dit :

– Oh.

Puis ils se regardèrent, enfin, sans plus un mot, et leurs yeux avouèrent tout, sans peur de rien, sans politesse, leur envie folle de s'étreindre, leur vie déserte qui soudain reverdissait à toute allure, leur fleuve amour qui débordait. Il ouvrit à peine les bras. Elle s'y blottit furieusement, elle s'agrippa à ses épaules, il la serra contre son corps en gémissant :

– Lucie, Lucie.

Ils s'écartèrent mais à peine, c'était juste pour mieux se voir. Chacun prit dans ses mains fiévreuses le visage enfin retrouvé, il plongea dans ses yeux, il y vit l'océan, elle ne regarda que sa bouche et leurs haleines se mêlèrent, mais il ne baisa pas ses lèvres, elle non plus, c'était trop tôt. Ils se sourirent infiniment.

C'est alors que monta dans le hall somnolent une voix de garde champêtre si claironnante et mal lunée qu'elle fit même se retourner quelques pyjamas en goguette dans la lumière du jardin :

– Il est où, ce docteur de malheur ? Il se cache ? Il plonge du nez sous la table ? Il croit que je ne le vois pas ? Non, madame, je ne crie pas, je m'exprime. Si c'est un crime, au moins ça rime. Taisez-vous ! Regardez-moi ce waterloo ! Un pantalon, ça ? Un haillon ! Un haillon d'embryon d'avorton de couillon ! Ils me l'ont fendu au ciseau de la godasse en haut du cul. Ce sont des manières, ça, dites ?

C'était Siméon le boisier, Siméon à la cuisse blanche emporté à l'assaut par ses propres biceps dans un fauteuil roulant tout neuf aux embardées imprévisibles parmi les gens contraints, pour éviter l'outil, à des feintes de torero. Il stoppa à trois pas du couple, contempla les deux à la fois puis séparément l'un et l'autre et laissa tomber bêtement, toute colère évaporée :

– Vous me ramenez au hameau ou vous allez direct au lit ?

Blaise, comme un oiseau perché sur sa casquette :

– Sois aimable, sacré bon sang ! Nous vivons l'instant émouvant que notre Clément contera, un jour, à ses petits-enfants quand ils voudront savoir comment grand-père a rencontré grand-mère.

L'emplâtré l'entendit peut-être puisqu'il porta deux doigts au coin de sa visière et bougonna :

– Bonjour, madame.

Clément se tourna vers Lucie. Il articula sobrement :

– Je te présente Siméon.

L'autre, la désignant d'un coup de menton sec :

– Elle repart avec nous ?

Clément contempla sa retrouvée, intensément, et :

– Oui, dit-il.

Un prêtre marieur lui aurait demandé s'il voulait prendre pour épouse la journaliste ici présente en robe et voile immaculés, il n'aurait pas lâché ce « Oui » avec une émotion plus rauque et convaincue. Lucie en fut tout affolée. Elle l'attira hors de portée des oreilles siméonesques et lui dit à mi-voix qu'elle faisait une enquête sur le degré d'amour ou de détestation que les gens du peuple éprouvaient pour leur travail de tous les jours. Elle avait rendez-vous avec des infirmières et des laveuses de couloirs. Elle avoua cela presque comme une faute, avec la crainte puérile qu'il lui cède et la laisse aller. Il répondit, tendre mais ferme :

– Lucie, tu ne me quittes plus.

Elle en fut rassurée mais demeura fébrile. Elle dit :

– Il faut les prévenir.

Il s'approcha du stand d'accueil, donna un ordre, s'en revint.

– Odile s'en charge, dit-il.

Elle lui répondit :

– Nous partons ? Pour combien de temps ? Tout de suite ?

Ses yeux brillèrent. Elle hésita. Elle dit encore :

– Pour longtemps ?

Désorientée mais confiante, intrépide, craintive, inquiète, émerveillée, « comme elle est belle », se dit-il. Il en eut un sanglot d'amour. Il lui répondit :

– Pour toujours.

Elle parut perdue. Elle lui dit :

– Il faut que je passe chez moi, prendre au moins de quoi me changer.

Tempête, vertige, ouragan, et ces mots petits, ridicules !

« Fuir, se dit-elle, vite, vite, loin de ma vie sans lui, sans nous. » Elle le prit par la main et du pas décidé d'une insurgée superbe partie pour traverser les murs elle l'entraîna vers le dehors.

– Hé, ho, attendez-moi, leur cria le plâtré au pantalon fendu.

Ils l'avaient oublié. Ils l'entendirent à peine.

– Qui est-ce ? demanda Lucie.

Clément lui répondit, tranquille :

– Un ami du cadavre. Blaise. Overdose de mort-aux-rats. Je te raconterai en route.

Elle eut un rire intéressé, quoique largement incrédule. Comme ils parvenaient au parking :

– Ils ont massacré mes affaires, très bien, bougonna Siméon. Mais ils connaissent mal l'artiste. Représaille : confiscation du fauteuil à roues de vélo. Docteur, fourrez-le dans le coffre avant qu'ils nous envoient les chiens.

– Ne t'inquiète pas, dit Clément, il est prêté par la maison.

L'autre ne voulut pas l'entendre. Il préféra conclure, un éclat vif dans l'œil, tandis qu'il s'affalait sur la banquette arrière :

– Un froc contre un fauteuil de course, hé, on n'est pas venus pour rien.

– Il y a du grand nouveau, dit Blaise, à peine la porte franchie sans qu'il ait eu à la pousser.

Félicité eut un sursaut. Elle somnolait devant le feu qui lui aussi faisait la sieste et ronronnait doucettement en pétouillant des étincelles. Elle reprit son tricot et son duel d'aiguilles. Blaise, stoppé en plein élan par l'apparente indifférence qui accueillait son arrivée :

– Tu veux tout savoir ou tu boudes ?

Elle soupira profond :

– Tout savoir ? Mais enfin, pauvre amour de mes nuits, que pourrais-tu m'apprendre ? Siméon est plâtré de la fesse au genou, son scandale peureux (car il en a fait un) a désolé Clément. Tu penses, devant tout le monde ! Je le vois d'ici, le chéri ! Et maintenant il le ramène dans sa belle auto de docteur.

Sa voix se fit soudain tout embrumée de peine :

– Mais ton cadavre est toujours là, et nous ne savons pas qu'en faire. Il n'est pas le seul à pourrir. Notre situation, elle aussi, prend des allures de cloaque, et pour tout dire, mon ami, je me sens moi-même partie à petits pas irrattrapables pour le crépuscule des dieux ou peut-être même des diables. Si ça dure, c'est clair, je plonge dans le noir.

Sourde explosion, là-haut, tremblement du plafond, balancement grinçant de la lampe pendue au-dessus de la table, suivis dans la foulée d'un râle de mourante et d'un hululement.

– C'est Constance, dit Blaise, effaré, affairé, tout enfiévré d'urgence. Tu l'entends ? Sacrénom, elle m'appelle au secours !

Et Félicité, plus que lasse, sans que rien n'émeuve ses doigts ni ses aiguilles galopantes :

– Tu fantasmes, mon pauvre ami. Sois un peu à ce qui se passe. Ce n'est pas « Blaise » qu'elle a dit, et ce n'est pas « à moi » non plus. Édouard a compris, lui, la preuve : mon lit d'enfant s'est effondré, pas besoin d'aller voir de près, il a plié, il a rompu. Il n'a même pas vu venir ce qui lui tombait sur le râble. Et ma chambre de jeune fille, ces terribles rugissements qu'il lui faut entendre en plein jour ! Elle n'avait jamais hébergé qu'une pucelle solitaire, en chemise de nuit à fleurs. J'allais dire : qu'une princesse, moi-même, en ce temps-là, bien plus en chair qu'en os. Si tu m'avais connue l'année de mes quinze ans ! Un ange, et des amants infiniment ardents, mais qui ne laissaient de traces ni sur l'oreiller ni ailleurs. Les deux, là-haut, tant pis pour eux, ils dormiront sur le parquet, ou alors Édouard chez Clément et la petite dans mon lit, ça lui rafraîchira les sens.

Chantonnement blaisien en haut de l'escalier :
– Ce n'est pas ce qui se dessine.

Sa voix revint auprès du feu. Elle se fit mystérieuse autant que jubilante :

– Ils ne sont pas deux dans l'auto. Clément, à l'heure où je te parle, est occupé à raconter notre secret cadavérique à une troisième personne avec qui, à mon humble avis, il passera la nuit qui vient et quelques milliers de suivantes.

Félicité cessa d'agiter ses aiguilles, resta pensive et dit :

– Laisse-moi deviner.

Son regard erra dans les ombres. Elle dit encore à voix de voyante inspirée :

– Ils se sont rencontrés dans une rue passante.

– Non, dans le hall de l'hôpital.

– Par hasard, comme on dit quand je ne sais quel dieu pose un doigt sur nos têtes et nous fait changer de chemin.

– Pour rester à portée de méninges normales, disons qu'aucun des deux n'avait pris rendez-vous.

Elle dressa l'index sous son nez. Sa voix se fit soudain pressante :

– Ils ne s'étaient pas vus depuis la nuit des temps.

– Tu peux préciser ?

– Neuf, dix ans. Journaliste, brune, fluette et jolie comme moi quand j'ai rencontré Jim.

Ses yeux oublièrent son âge, ils avaient vingt ans tout à coup. Elle troua l'air d'un coup de poing. Sa pelote tomba par terre. Elle lança :

– Nom de Dieu ! Lucie !

Son éclat stoppa net, là-haut, un galop pourtant bien parti pour impressionner les annales des emballements jouissifs. Les amants, manifestement, avaient perçu le cri d'en bas. Blaise risqua :

– Tu l'as connue ?

– Ils sont venus me voir, les pauvres, un mois avant qu'ils s'entretuent. J'ai su dès leur premier regard qu'ils n'avaient pas un cœur fait comme tout le monde. Les autres ne font que s'aimer. Ces deux-là, en plus, ils s'aimantent, ils s'attirent, ils n'y peuvent rien, ils sont un seul être en deux corps qui cherchent sans cesse à se joindre. Ils ne pouvaient faire autrement que de se retrouver un jour. Me voilà requinquée, mon Blaise.

Elle remit au travail ses vieux doigts dégourdis, puis posant à nouveau les mains sur ses genoux :

– Tout de même, quand on y pense, les esprits nous manœuvrent, ou quoi ? Je veux mourir, et je me rate. Je te tue plus ou moins. Passons. J'appelle mes chéris. Ils accourent, ils sont là. Mais ce n'est pas moi qu'ils enterrent, ce n'est pas toi non plus, hé, coquin de faux mort. En vérité, ils sont venus faire une croix sur leur passé, sur leur existence d'avant le hameau de Félicité. Sans le savoir, évidemment ! Ils ignoraient le vrai pourquoi de leur voyage en catastrophe. Ils l'ignorent toujours, d'ailleurs. Mais la vie sait, fais-lui confiance. Elle les mène où ils doivent aller, de tours du monde en retrouvailles et de traversées de tunnels en évidences éblouissantes. La vie passe par tous les trous. Où que tu ailles, elle sera là. Franchement, elle me cloue le bec. Rien à redire. Alléluia.

Elle reprit son tricot, la mine ravivée, en fredonnant, pensive, un vieil air entraînant.

– N'empêche, lui dit Blaise à voix d'église vide, ma carcasse est toujours dans la remise ouverte à papoter avec mon vélo retraité. À dire vrai, moi, je sais bien où j'aimerais qu'on m'envisage.

Il attendit en vain un mot d'encouragement à poursuivre. Félicité n'écoutait pas. Elle pensait aux amants-aimants et tricotait sa chansonnette avec l'envie euphorisante de vivre auprès d'eux pour toujours. Blaise reprit :

– Sous le pommier. Siméon sèmerait un beau rosier sur moi. Qui donc aurait l'idée barbare de soupçonner un mort dessous ?

– Les roses ont besoin de soleil, l'ombre des arbres les attriste, lui répondit Félicité en tirant sur son fil de laine.

Ses doigts reprirent leur ouvrage et son brin de voix sa chanson. Blaise, buté :

– Sous le pommier. Dans ses racines. Moi, je ne me vois pas ailleurs.

Et la voix soudain éloignée :

– Ils arrivent. Bonsoir, je sors.

Fin de bruit de moteur, dehors. Claquement double de portière. Félicité, devant le feu, se dressa et lissa sa robe, remit furtivement de l'ordre à ses cheveux et vint, radieuse, sur le seuil. Elle ouvrit les bras à Lucie qui n'osait pas s'approcher seule dans le crépuscule frisquet, tandis que Clément s'escrimait à débarrasser sa voiture de son encombrant emplâtré. Il vit ses deux amours se serrer fort, là-bas, sur le pas de la porte. Il s'en trouva fier comme un coq. Félicité, prenant les mains de la merveille retrouvée :

– Eh bien, ne manque plus personne. Ton absence m'était comme une épine au cœur. Je suis contente d'être en vie et de te voir (regarde-moi), oh oui, ma fille, heureuse, enfin.

La jeune femme, à voix menue :

– Vous ne m'avez pas oubliée ?

La vieille mère lui sourit et lui caressa le visage, une larme ravie dans l'œil.

Tandis que Siméon en fauteuil à deux roues s'attardait dans la cour à courser une musaraigne en pétaradant de la bouche, Clément envahit la cuisine. Il l'emplit sans rien faire d'autre que d'être lent et mesuré comme il l'avait toujours été, sauf qu'il paraissait maintenant plus tranquille que mollasson, plus imposant que réservé, plus rayonnant que raisonnable et plus assuré qu'indécis. Au regard de Félicité, il parut même avoir grandi. Elle en fut surprise. Elle pensa : « En deux coups de cuillère à pot, l'amour a fait de lui un prince. » Deuxième alléluia muet. Le nouvel homme dit à sa jeune compagne :

– Demain nous irons au village acheter de quoi t'habiller en campagnarde provisoire. Tu n'auras pas beaucoup de choix.

Elle eut un haussement d'épaules. Elle n'en avait aucun souci. Elle se hissa sur les orteils pour un baiser de papillon à la joue rêche de son homme, puis redécouvrant avec lui la maison à peine explorée un lointain dimanche d'automne et pourtant jamais oubliée, elle demanda :

– Où est le mort ?

– Il est sorti, il se promène, lui répondit Félicité.

Et comme le couple d'en haut apparaissait dans l'escalier :

– Oh, tu veux dire : le cadavre ? Édouard l'a rangé quelque part, je ne sais où.

– Dans la remise, répondit l'amant en tee-shirt enfilé devant derrière.

Tout le monde avait faim, et surtout Siméon qui faillit fracasser la porte en la poussant sur son deux-roues. Il voulut raconter l'épopée toulousaine et son calvaire triomphal, mais personne ne l'écouta. Alors il présenta comme une vieille amie la nouvelle venue aux descendus du ciel, et Clément conta leur rencontre devant l'apéritif maison. Constance en fut émerveillée. Elle entassa ses doigts sur la main de Lucie et ne voulut plus la lâcher.

Ils dînèrent joyeusement de soupe aux poireaux du jardin et d'un panier de pommes vertes, puis l'amoureuse au lit brisé leva l'index et toussota. On se tut. Elle avait à dire, et à considérer la raideur de son dos, son intention était d'offrir à la tablée un de ces morceaux de bravoure qui poussent plus à méditer qu'à squatter la piste de danse. Avant même le premier mot elle s'empourpra jusqu'aux cheveux, appela d'un coup d'œil Édouard à la rescousse, enregistra son hochement encourageant, quoique léger, et dit ceci, à voix tremblante :

– Nous en discuterons plus tard.

On fronça les sourcils, on s'entre-regarda.

– Et de quoi ? lança Siméon.

Elle répondit, la tête haute et le ton soudain assuré :

– De ce que vous devez savoir.

Long moment de temps suspendu. On aurait entendu voler même une mouche nourrissonne. Constance prit un souffle intense par le nez, l'expira longtemps par la bouche, façon séance de yoga, et pas plus détendue qu'avant :

– Je ne sais pas comment vous dire, alors voilà, c'est du tout cru. Édouard est Blanc-d'Argent et je suis Héloïse. Je précise : réincarnés.

On sentit l'alentour désireux de comprendre. Quelques bouches s'ouvrirent. Aucun son n'en sortit. Nouveau silence. Siméon, seul surnageant du bout du nez dans la stupéfaction locale :

– Et vous allez bien maintenant ?

Personne ne prit garde à ces mots innocents. Constance poursuivit ainsi :

– J'ai tout su, tout, de source sûre quand j'ai vu prendre vie devant mes yeux fermés mille détails de leur histoire, tandis que nous la racontions. Leur cabane dans la forêt. Je pourrais dire exactement où Blanc-d'Argent l'avait bâtie, les petits riens qui la meublaient, les bruissements de la forêt. Parle, Édouard, ils ne me croient pas.

Édouard croisa les mains, les posa sur la table et le regard errant sur la toile cirée :

– Il y avait, dans notre refuge, une poupée de chiffon bleu qui gardait la porte, la nuit. Il y avait un oiseau de paille et de verdure que j'avais fabriqué, un jour, pour Héloïse. Nous l'avions suspendu aux branches du plafond. Quand il faisait grand vent dehors, il voletait dans la maison. Il y avait notre lit à droite de l'entrée, un tabouret aussi, et sur ce tabouret une cruche cassée que j'allais remplir à moitié, tous les soirs, à la source proche.

Il se tut. Constance reprit :

– J'ai vu cela, Édouard aussi. Je lui disais un souvenir, il en corrigeait un détail, et tout m'apparaissait dans sa lumière simple. Et puis le ciel s'est écroulé. Nous avions seize ans tous les deux le jour où, du seuil de l'église, j'ai vu devant l'autel le prêtre avec son grand surplis doré, et les gens qui se retournaient, qui regardaient la porte ouverte, et nous, debout, dans le soleil. J'aurais dû deviner qu'ils allaient nous haïr. Ils remuaient si pesamment ! C'était un dimanche de Pâques. Édouard me l'a dit tout à l'heure, j'aurais pu le lui dire aussi.

Elle l'encouragea du regard. Il hésita. Il dit enfin :

– La maison de mon père, le toit qui s'effondrait, le feu qui sortait des fenêtres, notre fuite, nos pieds en sang, notre épouvante, le silence, nous avons vécu tout cela. Nous avons vu, à deux regards, les mêmes lieux, les mêmes êtres, nous avons entendu les mêmes bruits de voix, les mêmes loups lointains et les mêmes chansons, nous avons partagé le même gouffre doux. Je ne veux pas vous en convaincre. Je sais que les esprits musclés considèrent ces choses-là comme des sornettes naïves. Aurais-je entendu cette histoire de l'un de vous, je vous l'avoue, je me serais dit : « Il divague. » J'aurais risqué, peut-être, une sottise drôle. Vous ne vous moquez pas. Merci.

Félicité, à peine un souffle :

– Pas maintenant, Blaise. Plus tard.

– Il faut pourtant que je te parle. J'ai rencontré quelqu'un tantôt. Tu ne devineras pas qui.

Elle le chassa comme un insecte d'un coup de main devant son nez.

– Je vous crois, dit Lucie aux amants fatigués. Tu vois, j'ai pris des notes.

Elle posa son stylo au creux de son carnet et dit encore :

– Stevenson. Universitaire, psychiatre, chercheur patient, trouveur discret, auteur d'ouvrages surprenants sur plus de mille cas de réincarnation, ou du moins, comme il dit, suggérant l'hypothèse. Je l'ai rencontré, l'an dernier. Bel homme sévère (ou timide ?), précis, extrêmement prudent.

Clément, content :

– Je le connais. Il est d'accord avec ma thèse.

– Il m'en a parlé, dit Lucie. Il pense lui aussi que la conscience humaine est indépendante du corps.

Clément la regarda, incrédule, rieur.

– Tu as lu mon bouquin ? Et tu as survécu ?

« Dieu, comme elle lui va bien », pensa Félicité. Les yeux de Lucie s'embrumèrent. Elle sourit pourtant à son homme, puis elle dit à petite voix, comme on se dénude le cœur :

– Tout ce que tu as pu écrire est dans un cartable secret, pareil au tien, dans une armoire dont je garde avec moi la clé.

Il prit sa main et la baisa.

– Qu'allez-vous faire maintenant ? demanda Lucie aux Édouard-Constance.

Ils répondirent ensemble :

– Vivre.

Et les deux autres, même élan, mêmes voix unies :

– Nous aussi.

Leur bel accord les amusa. L'envie les prit d'aller tous les quatre se perdre parmi les lambeaux de brouillard qui erraient dans la nuit du bois. Siméon ronflait près du feu dans son fauteuil hospitalier. Félicité posa sur lui son vaste fichu de frileuse, lança un « Bonsoir, les enfants » moins enjoué qu'à l'ordinaire et disparut dans l'escalier. La voix de Blaise l'attendait devant la porte de sa chambre.

– J'ai tout entendu, lui dit-il. Cette famille Blanc-d'Argent, j'ai l'impression émoustillante qu'elle pourrait me changer la mort, pour peu que je couche avec elle. Pour l'instant, j'ai froid. C'est normal ? Je me sens bizarrement nu. De fait, je n'ai rien à me mettre. D'habitude on ôte ses fringues quand on a décidé que bon. Eh bien non, moi, je ne fais rien, je ne me déshabille pas, ce sont mes habits qui me quittent. S'il te plaît, donne-moi du chaud.

Elle s'enfonça sous l'édredon.

– Sois sage, Blaise, laisse-moi. Je suis fatiguée. Bonne nuit.

Elle caressa du doigt la photo de Jimmy (elle faisait cela tous les soirs), puis tapota son oreiller, éteignit la lampe à côté et s'abandonna au bon Dieu. Elle n'entendit rien de ce souffle qui effleura sa joue fripée :

– J'ai peur de mourir, mon amour.

Pour la première fois depuis la mort-aux-rats, Blaise pleurait comme un enfant perdu dans une nuit sans rêves.

9

En colère, Dieu ? Pas du tout ! Il remuait dans son lit noir, sa femme ronflait à côté, et pour passer son temps de nuit (savez-vous bien ce qu'est le temps ? C'est de l'éternité qui bouge, c'est vrai, c'est Lui qui me l'a dit), il jouait, en brute innocente, avec les tambours de sa garde, avec sa grosse voix d'en haut, avec le feu de ses clins d'œil et les nuages cascadants qui ruisselaient entre ses doigts. « Puisque je vous dis qu'il s'amuse ! » disait Félicité, rieuse, à ses écoliers effrayés. En vérité l'aube venait, emmouscaillée de nuit mouillée, et l'institutrice honoraire, enfouie au chaud sous l'édredon, rêvait dans son sommeil profond. Elle le voyait, le Père énorme, tout débraillé, les bras partout, turbulent comme un nourrisson qui envoie valdinguer sa soupe mais si content de son exploit qu'elle n'osait taper sur ses doigts. Un éclair soudain (un clin d'œil ?) éblouit l'ombre autour du lit. Elle s'en trouva d'un bond assise comme un automate à ressort. Dans ses yeux, plein feu, le soleil. Il s'éteignit presque aussitôt. À deux poings elle serra le drap contre son cou interloqué. Elle n'eut que le temps de se dire qu'elle n'avait rêvé qu'à moitié. Un orage d'ogre affamé s'abattait bel et bien sur le toit, le jardin et les arbres du bois comme mille vaches qui pissent. L'assourdissant coup de tonnerre qui suivit l'éblouissement fit s'ouvrir en geignant la porte de l'armoire, et après lui les bruits et les trottinements qui firent grincer le couloir parurent aussi fluets qu'un galop de souris.

Au seuil de la chambre, Constance, écoutant avant de parler, à petite voix :

– Vous dormez ?

Question stupide, mais courante.

Félicité :

– Quelle heure est-il ?

Elle avait encore sommeil, elle voulait retrouver son rêve, mais il avait sans doute fui ce boucan démoralisant.

– La foudre est tombée pas très loin, rien de grave, nous allons voir. Ne vous inquiétez pas, je vous tiens au courant.

« Elle me tient. Déjà, ça m'agace, pensa Félicité, grognonne, en s'enfonçant sous l'édredon. Elle me tient à quoi ? Au courant. Mais je m'en tamponne le nez, de son courant, cornegidouille ! Ils sont tous, maintenant, à vouloir tout savoir de la composition chimique du moindre pet lâché au vent ! Être au courant de quoi ?

Qu'il pleut ? Qu'ils n'ont qu'un parapluie pour quatre ? Je sais, voilà. Je n'y peux rien. D'ailleurs, s'il s'ouvre, il se retourne, c'est burlesque quand on y pense, surtout, bien sûr, s'il pleut costaud. Tais-toi, Blaise, je t'en supplie, je n'ai pas envie de t'entendre. »

– Pardonne-moi si je dérange, lui répondit l'interpellé avec le courage impassible d'un résigné définitif. Je voulais simplement te dire qu'elle est tombée sur ma maison.

– Qui donc ? La pluie ?

– Oui. Et la foudre.

Félicité laissa aller un long soupir découragé.

– Eh bien, dit-elle, c'est parfait.

Façon vaillante d'opposer la sérénité de l'ascète à la sauvagerie du sort.

Elle releva ses oreillers, s'assit contre, alluma la lampe, et comme on cherche les mots justes dans un bric-à-brac de soucis :

– Elle brûle (comment dire ?) bien ? Enfin, comme pendant la guerre, quand les Allemands bombardaient, ou peut-être bien les Anglais ?

– Non, pas vraiment, répondit Blaise, apparemment désaffecté mais soucieux d'exactitude. Elle a fracassé la fenêtre et (tu vas rire, je parie) elle a fait exploser mon lit.

Il dit encore à voix de conteur paysan :

– Et qui dormait là, sur le drap ?

Points d'interrogation géants dans deux yeux sortis des orbites.

– Personne. Même pas un rat.

Un fou rire nerveux les prit en même temps.

– Brigand, tu m'as fait peur, dit-elle.

Elle s'essuya d'un coin de drap les alentours des paupières.

– Et que font les enfants, là-bas ?

– Ils sont autour de Siméon. Il récite comme un curé des sorcelleries occitanes, assis dans son fauteuil de vieux. Il dit qu'il sait dompter le feu. C'est vrai, il soigne les brûlures, et il croit en ses litanies. Il est capable, va savoir, de nous aplatir l'incendie avant l'arrivée des gendarmes, d'autant que la pluie a du nerf. Elle l'aide bien, les autres non, ils commentent, ils restent à l'écart. À mon avis, dans pas longtemps, ils vont rentrer prendre une douche.

Nouveau rire intime, amoureux.

– Oh, mon Blaise, dit-elle enfin, tu me ravigotes les sens. J'en ai besoin, je suis inquiète.

Il ronronna :

– Éteins la lampe, et serre-moi contre ton corps, tout comme le matin fatal où j'ai mis l'ananas au frais avant que tu me troues le bras.

Silence. Ensemble ils écoutèrent l'orage peu à peu s'égoutter sur le toit, le tonnerre rouler au loin, les oiseaux saluer le jour qui ouvrait ses paupières pâles et les enfants, en bas, qui remuaient des tasses et parlaient à mots retenus, de peur de réveiller trop tôt la vieille mère.

La voix de Blaise, enfin, tout près, sur l'oreiller :

– Pourquoi tu te ronges les sangs ? Tu n'es pas bien, là, près de moi ?

Elle se tut un moment, elle essaya des phrases. Elle ne trouva qu'un mot mélancolique et doux. Elle lui répondit :

– Tu t'éloignes.

Il hésita aussi.

– De toi, non. Mais je change. J'ai l'impression de n'être plus celui qui a quitté ma peau, ou de l'être de moins en moins.

Un murmure, à peine :

– Dis-moi.

Elle sentit sur la joue son souffle. Elle en fut émue. Il lui dit :

– Quand je me suis vu délivré de mes pesanteurs ordinaires, rappelle-toi, Féli, tu peux en témoigner, j'ai connu un bonheur follement jouissif comme on en éprouve parfois à la sortie d'un cauchemar. J'étais plus léger qu'un oiseau, tout était simple, tout possible. Tous les murs étaient transparents, je n'avais plus rien à traîner, rien à subir, rien à cacher, rien à payer, rien à manger, mais je n'avais faim que de vivre. Dans mon corps poilu, foutredieu, je n'aurais jamais pu, jamais osé te dire que j'étais amoureux de toi, que j'avais envie de tes seins, de ton joli cou, de tes fesses. Sais-tu qu'elles sont, malgré ton âge, musclées comme un cul de jument ?

Elle roucoula :

– Vraiment ? Tu crois ?

Et se reprenant aussitôt :

– La suite, Blaise. Tu me gênes.

– Je pensais : « Un corps ? Plus jamais ! Trop lourd, trop lent, trop peu pratique. » Et puis j'ai vu mon père, hier au soir, dans le bois, pendant que toi, dans ta cuisine, tu regardais parler Lucie sans plus voir personne autour d'elle. Oh que tu l'aimes, celle-là !

– Tu ne l'as presque pas connu.

– Qui donc ?

– Ton père. Il est parti quelques jours après ta naissance.

– Oui. Eh bien, il est revenu.

Elle s'exclama, l'œil méprisant, et dit, contrefaisant le mâle :

– Chauffe-moi le lit, je reviens. Et quarante ans plus tard (je ne compterai pas les années bissextiles), bonsoir, mon gars, comment vas-tu ? Il n'a jamais été pressé.

– Je naviguais dans la forêt, sans but, sans rien dedans que le temps du dehors, et je l'ai vu venir vers moi dans un brin de soleil perdu entre deux troncs d'arbres sans branches. Si je l'ai reconnu ? Je n'ai pas eu le temps. J'ai vu l'air prendre forme et bonjour, c'était lui. Je l'ai trouvé mélancoleux, vaguement triste, un peu frileux, méfiant. Il guettait les ombres. Il hésitait entre les mots. Même moi, il semblait me craindre. J'entendais sa voix toute proche, et pourtant je sentais, derrière, un chant lointain. Il m'a dit qu'il n'avait pas pu. Il avait hésité deux jours avant de décider ses pieds à franchir le seuil de la chambre où je dormais, posé comme un saint sacrement dans le vieux berceau-balançoire hérité de mes grands-parents. Il avait su alors, à me voir couché là, que son amour démesuré pour ce bout de vivant (moi-même) que ses mains n'osaient pas toucher serait pour lui, jour après jour, une torture intolérable. Il s'était vu vivre désormais dans l'épouvante sans secours de me voir trébucher contre un autobus fou, un couteau de voyou, une trop grande peine, et tomber de la vie comme un oiseau du nid. Il n'avait pas pu supporter cette attente de coup du sort qu'il estimait inéluctable. Il avait préféré s'enfuir, nous oublier, ma mère et moi, et tenter d'attendre la mort avec un chagrin supportable. Ses yeux m'ont demandé pardon. Mais lui pardonner quoi ? D'avoir souffert pour rien ? Je lui ai dit que j'allais bien. Il m'a souri sans me répondre. Alors, comme il se défaisait parmi les soleils et les ombres, le désir violent m'est venu de le serrer dans de vrais bras, de sentir contre moi son vrai corps, son odeur, sa vraie bouche contre ma joue. Quand je me suis retrouvé seul, une houle de nostalgie m'a envahi si tendrement que je n'ai plus vu que mes larmes. Une peau pour de vraies caresses, des oreilles pour de vraies voix, des pieds pour des chaussettes chaudes, et ce désir, cette confiance, cette confiance en ce désir qui fait éclore toutes choses, salades, orties, poisons, rosiers, voilà ce que je regrettais. J'ai eu envie de tout cela, une fois, une vie de plus, ce que mon pauvre homme de père n'a jamais vraiment désiré. Il espérait pourtant, il se gavait de livres. Imagine, *Les Fleurs du Mal* ! Un bouquin au prix d'un vélo !

Il ne lui a servi à rien, même pas à se tripoter avec la très chère aux bijoux. Il n'avait pas cet appétit, cet increvable « ça ira » qui nous pousse à la vie charnue. Moi, j'en déborde, même mort. C'est normal, je suis un naïf. Bref, me revient l'envie d'un corps.

Félicité haussa le nez.

– J'avais donc raison, tu t'éloignes. Et, bien sûr, tu vas m'oublier.

– Je vais peut-être bien te mettre un moment à l'abri du temps. On n'oublie pas, ma bonne amie. Pense aux deux de l'Œil-Doux. Ils se sont souvenus, ils se sont attendus, ils se sont retrouvés. La mort n'est qu'un moment d'hiver. Dans le jardin de la mémoire, notre amour se réveillera comme la tomate en avril.

– Et qui as-tu choisi d'engrosser ?

– Héloïse. Et j'aime bien Édouard, je le trouve timide, les forts le sont souvent. Il m'apprendra les arts martiaux. Toi, je sais où tu nicheras, quand ton moment sera venu. Tu semblais si heureuse et soulagée aussi quand je t'ai vue ouvrir les bras, tandis qu'elle s'avançait vers toi ! Ton visage, Félicité ! Un soleil !

– Tais-toi, tu m'agaces.

– Elle venait de loin te chercher, comme une mère inoubliée, resplendissante et voyageuse. Tu l'avais toujours attendue, au fond de toi, obscurément. Ose me dire que je mens ! Ce jour-là, l'enfant, c'était toi, sans institutrice derrière. Vous aviez rendez-vous depuis un autre temps nulle part ailleurs qu'ici même. Pour mon œil, c'était évident.

Elle eut un geste sec et la mine sévère, à voix tremblante, le front haut :

– Suffit, Blaise, je t'en supplie, arrête de me remuer, tu me donnes le mal de mer. Tu me déçois, et gravement. Je te croyais plus délicat, plus respectueux, oui, monsieur, de mes pudeurs, de mes fêlures. Je fais de mon mieux, je les cache, mais je tremblote, au fond, c'est vrai. Inutile de l'avouer, puisque tu ne l'ignores pas. Mais je ne veux pas le savoir.

Elle se leva, chaussa ses mules, s'enveloppa dans son peignoir. Elle dit encore, radoucie :

– Certaines choses trop sensibles doivent rester au fond du cœur. Si on les sort, c'est de la vase. Si on les garde, c'est de l'or.

Elle s'en fut ouvrir les volets. L'orage s'était éloigné. Il ne pleuvait plus, goutte à goutte, que des feuillages lessivés. Le soleil à peine éveillé embrasait les derniers nuages. Elle risqua la tête dehors.

– Ta maison fume encore épais, et Siméon est toujours là, dans sa poussette d'hôpital. On dirait qu'il raconte une histoire aux fenêtres, ou qu'il te parle, va savoir. En tout cas, il y met du cœur.

Blaise :

– Bon. Je vais le chercher.

Et la voix d'un coup réchauffée, moelleuse, tendre, un peu mouillée :

– J'ai fait le lourdaud, tout à l'heure. J'aurais dû m'essuyer les pieds, enfin, quoi, décrotter mes mots, tu comprends ce que je veux dire. Je suis un cul-terreux, toi une grande dame. Je t'aime mal. Pardonne-moi.

– Il t'entend ?

– Qui donc ? Siméon ? Je crois que oui, il croit que non. Il s'imagine qu'il m'invente.

– Ramène-le au sec. Va vite, je descends.

Elle sentit au creux de son cou un souffle de lèvres légères. Elle eut un petit rire frais et releva son col pour le garder au chaud.

Elle retrouva, dans la cuisine, la chaleur du feu ravivé, le café fumant dans les tasses et le parfum du pain grillé. Une bouffée de bonheur doux ranima une chansonnette sans queue ni tête dans son cœur. La voyant revenue parmi les réveillés, ses enfants attablés, vêtus de couvertures, abandonnèrent leur voix basse.

L'air alentour en fut content. Elle les salua tous d'un bonjour enjoué, on lui fit place entre les femmes, on la couvrit de son vieux châle resté près de la cheminée, parmi les habits qui séchaient.

– De quoi parliez-vous ? leur dit-elle en chauffant ses mains à son bol.

Clément :

– De l'incendie. La foudre n'a frappé que la chambre de Blaise.

– Or, hier soir, dit Édouard, nous avions convenu de le ramener dans sa chambre et de le coucher sur son lit, en attendant de décider où fourrer sa foutue carcasse.

– C'est sur ce lit, exactement, que la bombe est tombée du ciel, dit Constance, pointant la table de l'index. Comme si quelque entourloupeur caché derrière les nuages avait décidé d'empêcher le retour chez lui du cadavre. Je veux dire : de notre ami.

Félicité :

– J'avais compris.

Elle rit un brin, se redressa comme sous un coup de vent vif, observa les airs attentifs et dit enfin :

– C'est stimulant.

Lucie, rieuse, à côté d'elle :

– J'ai une idée. Faisons les ânes. Désobéissons au bon sens. Goûtons un peu, pour une fois, à la volupté d'être bêtes. La coïncidence exagère, le hasard nous cherche, il jubile, il veut jouer. Eh bien, jouons !

Clément :

– Est-ce bien le moment ?

Lucie, un peu grondeuse :

– Allons, réveille-toi ! Supposons que quelqu'un, je ne sais qui, qu'importe, cherche à nous dire quelque chose, à nous désigner un chemin, une porte oubliée et pourtant grande ouverte.

Elle se tut, observa les nez bas autour d'elle. Félicité, l'encourageant d'un coup d'épaule affectueux :

– Trotte, ma fille, je te suis.

– C'est un jeu. Où en sommes-nous ? Épisode du cimetière. Échec, impasse, on s'en revient. L'Œil-Doux. Nouveau revers. Contretemps imprévu. Fémur de Siméon. Toulouse, l'hôpital.

Elle resta pensive un moment, comme étonnée par la merveille d'être là, dans cette maison, puis se serrant contre son homme :

– Merci au guide des aveugles, qui n'existe évidemment pas, de m'avoir conduite jusqu'à toi. Le hasard sait-il ce qu'il fait ? Peut-être oui, peut-être non. J'ai le sentiment, en tout cas, d'être exactement où je dois.

Tous les regards se firent tendres. Elle dit, l'entrain ragaillardi :

– Et maintenant l'orage énorme, la foudre qui brûle le lit, le ciel qui gronde : « Ça suffit ! »

– Tout cela te dit quoi ? risqua Félicité.

– Que Blaise ou je ne sais pas qui refuse ce trou introuvable où nous aimerions l'oublier.

Long silence de la tablée. Constance murmura, pensive :

– J'avoue que je le pense aussi. D'accord pour creuser l'hypothèse.

Clément l'approuva de la tête.

– Ma raison proteste, elle m'engueule, elle m'accuse de trahison, mais c'est bizarre, je m'en fous.

– Soyons conscients que tout cela n'est recevable qu'en famille, dit Édouard. Mais je me sens bien.

Siméon entra, grelottant, poussant les roues de son chariot, dégoulinant du nez, sifflant gras des poumons. Tandis que le bougre visait, près du feu, la place douillette ordinairement réservée à la maîtresse de maison :

– Reste à savoir, conclut Lucie, où Blaise veut être enterré.

– Sous son pommier, évidemment, répondit la voix grasseyante de l'homme au fémur emplâtré.

Félicité :

– Je le savais.

Les autres s'entre-regardèrent. « Pourquoi pas ? » se dirent les yeux.

Chuchotis voletant de Blaise :

– Je lui ai tout dit, mon bijou (pardonne-moi, je te taquine). Mais je ne sais pas s'il m'a cru.

– Entends comme il tousse, le pauvre ! lui répondit Félicité. Il a pris le froid de la mort.

– La mort n'est pas froide, Féli, tu peux me venir toute nue, pas besoin d'un passe-montagne.

Elle eut un rire de colombe, lissa, furtive, ses cheveux. Il dit encore, époustouflé :

– Quatre-vingt-quinze ans ! Toute nue ! Et ça l'amuse ! Bref, passons. Je suis entré dans sa caboche (je te parle de Siméon), il y avait des ânes partout. C'est étrange, ce qui galope dans la tête des gens, parfois. Je lui ai exposé les faits, je veux dire : l'enchaînement des circonstances cahotantes qui vous a menés dans l'ornière où vous attendez, je suppose, un coup de pouce du bon Dieu. Il m'a écouté, il a ri, puis il a secoué la tête, ce qui m'a fait rouler dehors. Pour l'instant, je crois qu'il digère.

– Comment cela, sous le pommier ? lança Édouard, les sourcils hauts.

– Un café au rhum, s'il vous plaît, j'ai une pneumonie qui rôde, grogna le boisier délabré.

On le servit.

– Merci beaucoup. Un peu plus de gnole. Voilà. Il vient souvent me voir en rêve. Bonsoir, Siméon, bonsoir, Blaise, il s'assied sur un banc, près de moi. Nous causons. Cette nuit, devant l'incendie, il m'a tout dit. Inarrêtable. Il m'a raconté la seringue, le bras troué, la mort-aux-rats, le corps ficelé dans la bâche. Il divaguait, bien sûr, vous l'avez deviné. C'est moi qui bois, c'est lui qui trinque. Il ne supporte pas l'alcool. Pour lui faire plaisir (je le sentais inquiet), j'ai fait mine de tout gober, mais oui, mon Blaise, je te crois, d'accord, repose-toi, tout ça.

Siméon but à petits coups sa tasse de rhum au café, puis :

– À vrai dire, j'ai du mal. Je n'arrive plus, quand il vient, à croire que je suis tout seul à me raconter des histoires.

Et cognant tout à coup sur sa cuisse valide :

– Mais nom de Dieu de bois brûlé, qu'est-ce que c'est que cette manie de vouloir nous faire avaler des vérités de cornecul qui nous mettent le cœur en miettes quand on n'a besoin que d'amour ? Je dis : d'amour, je n'ai pas honte ! Le premier que j'entends me ricaner derrière, je vous préviens, je l'empoignarde et je l'étrangle d'une main !

Il eut un sanglot enfantin, renifla un afflux de larmes et se torcha d'un vieux mouchoir trouvé sans doute dans le bois, un jour de vadrouille embrumée.

– Votre faux mort mal fagoté que vous voulez voir disparaître, dit-il enfin, presque apaisé, je veux qu'on l'enterre chez lui, sous son pommier, et pas ailleurs. Je l'exige, j'en ai le droit, c'était mon ami de toujours. J'y sèmerai des immortelles, ça tient longtemps, et c'est pas cher.

Constance ranima le feu et poussant le plâtré dans la lueur des flammes :

– Je te sens fiévreux, lui dit-elle (elle prit son pouls), non, ce n'est rien. Je vais tout de même te faire ma tisane de dents de loup. N'aie pas peur, c'est façon de dire qu'elle dévore les coups de froid.

L'autre, plaintif :

– C'est bien gentil, mais quand Félicité, misère, n'aura plus rien à vivre ici, je fais quoi, moi ? Je meurs de peur ?

Elle s'accroupit à ses genoux, prit ses grosses mains dans les siennes. Elle lui dit :

– Tu nous aideras.

Et comme Siméon laissait aller dans l'air un point d'exclamation à ricochets multiples, elle chuchota :

– C'est un secret. Jusqu'à ce soir, bouche cousue.

Elle désigna Édouard.

– Nous restons au hameau.

Du pommier, il pleuvait des fleurs. Félicité s'en vint à lui, et traversant la cour déserte, son grand châle serré au col :

– Pourquoi ne me l'as-tu pas dit ? murmura-t-elle à un oiseau qui l'accompagnait dans l'air bleu.

– Franchement, lui répondit Blaise (il semblait lui tenir l'épaule comme un vieil amant promeneur), je pensais t'en avoir parlé. Tant de choses se sont passées ! Que mon corps soit ici ou là, je croyais que je m'en moquais comme d'une mouche à crottin. Mais non, quand Siméon m'a dit : « Sous le pommier », je me suis vu soudain réveillé en sursaut. Il m'est apparu scandaleux, inenvisageable, pervers d'être enterré ailleurs qu'à l'ombre de ces fleurs qui te tombent sur les cheveux. Ai-je interdit, moi, le bouseux (mais alors, quel pouvoir, madame !), qu'on m'envoie pourrir quelque part où je ne suis jamais allé ? J'en suis peut-être bien capable, mais j'ignore comment j'ai fait.

– Dis quand même.

– Je ne peux pas. Les morts n'ont pas réponse à tout, ma bonne amie, il faut t'y faire. Mais je constate avec bonheur que notre Lucie est un ange. Elle illumine le brouillard, et le mystère se fait beau.

Un ferraillement enroué de camionnette à l'agonie sortit Félicité de sa rêverie tendre et attira les autres au milieu de la cour. Le véhicule s'arrêta devant le seuil de la remise au portail amplement ouvert. En descendirent pesamment Paula en robe printanière, le maire, étrangement coiffé d'un bonnet de skieur alpin, et les gendarmes, alias les Célestin-Eugène, armés de leur sacoche vide et d'un étui sans révolver.

– Nom de Dieu, glapit la bistrote, ma maison, ma pauvre maison !

Pareille à la sainte martyre marchant aux flammes du bûcher, les mains croisées sous le menton elle s'avança vers la fumée qui l'attendait, apparemment, pour pousser son dernier soupir. Félicité l'accompagna.

– Ne t'inquiète pas, lui dit-elle, j'écrirai une belle lettre à ton assureur préféré.

– Pas la peine, grogna Paula, la voix dans le double menton. Blaise s'est envolé, bon vent. Qu'il le veuille ou non, moi, je vends.

Les autres s'en vinrent autour d'elles, et tandis que chacun auscultait les dégâts :

– Je suis déçu, dit Célestin. Quand nous avons vu la fumée par-dessus les arbres du bois, mon collègue Eugène m'a dit : « Regarde, ça brûle chez Blaise. » Je lui ai répondu que non, qu'à mon avis la foudre avait rôti la vieille, enfin je veux dire : l'âgée, vous m'avez compris, je m'excuse. Nous avons parié dix francs. C'est une somme. Monsieur le maire, lui aussi, a misé son porte-monnaie sur la bicoque de madame. Mes condoléances, patron. Nous avons perdu tous les deux.

L'élu municipal :

– Ah pardon, je proteste. Je n'ai jamais dit : je parie. J'ai dit : j'espère. Pas pareil. J'espère que le coup de feu n'aura pas raté la sorcière, voilà exactement les mots qui me sont sortis du gosier.

L'œil en berne, le nez ronflant, méfiant comme un chien face à des ombres louches, il observa Félicité. Comme elle esquissait, apaisante, un geste simple, un pas vers lui, il s'abrita derrière Eugène, et se renfonçant le bonnet à la limite des sourcils :

– Retiens-la, regarde ses dents, fais-lui peur, hou qu'elle est vilaine, si elle me touche je suis mort, elle en a déjà tué un, l'Américain, demande-lui, il est au fond de la remise, sous la vieille charrue d'Ernest.

Les gendarmes rirent tout mou, ils lui tapotèrent l'épaule, le rassurèrent comme on fait quand le chérubin cauchemarde. Paula, à l'oreille navrée de l'institutrice honoraire :

– C'est le choc. Il n'est pas remis. Il a peur des salles de bains. Il regarde son lavabo comme une tombe à la Toussaint. J'ai peur qu'un jour ou l'autre il lui porte des fleurs. À son âge, dites, c'est grave.

– Donc vous vendez, lui dit Édouard.

Paula se ralluma les yeux, et dit que oui, d'un coup de tête. Félicité, le pas vaguement titubant, s'en fut se réfugier auprès de Siméon. Elle lui dit :

– Tu l'as entendu ?

Il répondit :

– Faisons semblant de ne pas être de ce monde. J'ai de plus en plus peur de tout, des gens, des idées, des rumeurs, des informations, des voyous, les vrais, ceux qui s'habillent bien. Je m'en retourne à mon terrier.

Et poussant à deux poings les roues de son fauteuil, il s'enfonça sous les feuillages. Le maire, à peu près rassuré par l'éloignement pacifique de la diablesse supposée, reprit où il l'avait laissée sa majesté municipale. Il s'en revint à ses constats.

– C'est bon, dit-il, le nez levé. Dégâts médiocres, cinq sur vingt, et encore, je note large. Vous, les couillons, vous témoignez.

Les deux gendarmes saluèrent.

– Dès notre retour en bon ordre dans le monde civilisé, vous signerez le formulaire, comme Zorro, zig, zig et zag. Pourquoi vous pouffez, les malins ? Mais voui, je vous ai vus pouffer. J'ai un bouton au bout du nez ?

Il n'attendit pas la réponse. Il tourna les talons et partit droit devant sans le moindre bonsoir derrière. Paula un instant s'attarda auprès d'Édouard et de Constance. Comme elle rejoignait la voiture, elle leur fit un salut content.

À peine le bruit cahotant de la vaillante camionnette évaporé sur le chemin, on s'en retourna vers la paix et le gazouillis des oiseaux. Tandis que les Constance-Édouard s'attardaient au seuil du jardin et les Clément-Lucie sous les arbres du bois, Blaise dit à Félicité, qui retrouvait avec bonheur le silence de sa cuisine :

– À quoi bon attendre, Féli ? Il faut que tes hommes m'enterrent. J'avais pensé faire un discours pour ma prochaine sépulture, mais là, vraiment, je me sens mal. Les fous sont capables de tout, même de voir plus clair que nous. Imagine qu'il s'en revienne sous la pleine lune, ce soir, en pyjama de somnambule, qu'il trotte jusqu'à la charrue et qu'il me trébuche dessus.

– Je veux que tout soit fait comme il faut, à son heure, lui répondit Félicité. Le pommier attendra demain. Dès que ton corps sera tranquille, je sais que tu me quitteras. Alors, bourreau de mes vieux jours, jusqu'à demain matin dix heures, soyons des amants éternels. J'ai envie du temps qui nous reste, et j'ai peur de celui qui vient.

Lucie entra avant les autres. Elle dit :

– Voulez-vous du café ?

La vieille femme soupira :

– Pauvre Pierrot !

– Qui donc ?

– Le maire.

Elle resta tristement lointaine, puis un éclat d'espoir dans l'œil :

– Blaise ?

– Oui.

– S'il te plaît, va lui calmer le vent. C'est de ma faute, s'il divague.

– Si je suis mort, ça l'est aussi.

Elle se raidit, elle répondit, tête haute et bouche pincée :

– Merci de me le rappeler. C'est élégant. C'est trop aimable. Me reprocher mes maladresses, à l'âge que j'ai, ça fait mal, mais ce n'est pas grave, j'assume, comme d'ailleurs j'ai toujours fait.

– Ne te fâche pas, ma Féli. Il peut arriver que parfois, dans l'invisible qui nous cerne, ce que nous croyons maladroit soit d'une précision parfaite. Tu sers peut-être d'ouvrière à quelqu'un qui n'a pas de mains et qui te dit ce qu'il faut faire sans même avoir à te parler. Ou tout se fait par pur hasard, ou tout va vers ce qui doit être. Tout est absurde, ou tout est bien.

– Qu'a-t-il dit ? demanda Lucie.

Félicité lui prit l'épaule, elle sourit tout contre sa joue.

– Sais-tu que de mes quatre enfants, aucun, sauf toi, apparemment, ne peut imaginer mon Blaise dans la famille des vivants ? Les autres sont un peu gênés quand ils m'entendent parler seule. Ils me regardent de travers. Pas toi. Pourquoi ?

Lucie rit, elle haussa les épaules. Elle répondit :

– Je ne sais pas.

Comme les autres envahissaient la chaleur calme du dedans :

– Je vais devoir vivre sans lui.

Parmi les bruits de voix mêlées, celle de Lucie dit à Félicité, à l'oreille :

– L'éloignement, parfois, c'est l'élan qu'il faut prendre pour passer au travers du temps et retomber en pleine vie. Je sais cela de source sûre, je l'ai vécu, Félicité. J'en suis encore émerveillée.

Blaise eut un rire silencieux, un de ces rires qu'on perçoit sans en percevoir la musique.

– Elle t'instruit déjà, l'amoureuse, elle est prête à tout te donner, ses océans et ses tempêtes, ses ports, ses espoirs de retour. Elle te fera beaucoup de bien. Elle sera la mère paisible qu'elle a rêvé d'être, autrefois.

Félicité gloussa, pensive, se laissa choir dans son fauteuil et se remit à tricoter la longue écharpe imaginée pour la Noël de son bonhomme, et plus que jamais infinie.

C'est alors qu'Édouard, solennel, lança :

– Assemblée générale !

Et comme chacun se taisait, Constance, à son côté, fièrement rayonnante :

– Nous avons à vous annoncer, Édouard et moi, une nouvelle qui va écarquiller vos yeux.

Félicité pensa : « Encore ! » Elle poussa un de ces soupirs à souffler d'un coup cent bougies, laissa aller sur ses genoux son ouvrage de vieille vie, et posant les mains sur sa laine :

– Les Blanc-d'Argent, dit-elle à Blaise, commencent à me scier les nerfs. Quand ils ne brisent pas mes lits avec une sauvagerie de bûcherons préhistoriques, ils nous racontent des horreurs, des envols dans des gouffres noirs, des églises farcies de monstres, des spéléologues assassins. Ils ne se reposent jamais ?

– Ne crains pas, lui répondit l'autre. Regarde comme ils sont contents.

Les joues de Constance, en effet, rougeoyaient comme des pétales de pivoine arrosée de frais, et son regard étincelait autant que le soleil dans l'eau. Elle s'assit sur le carrelage à babord de Félicité, Lucie s'installa à tribord, Clément se tint debout près d'elle. Édouard vint se planter devant la cheminée, et les mains derrière le dos, protégeant ses fesses brûlantes :

– Nous avons décidé, dit-il, d'acheter la maison de Blaise et de nous établir ici.

Il regarda Constance. Ils avaient répété, sans doute, leur duo. Elle poursuivit ainsi :

– Il nous a paru beau qu'Héloïse et son homme retrouvent enfin la vie où elle leur fut volée.

– Édouard, tu me prends tout le feu, dit Félicité. Pousse-toi.

– Pardon.

Il s'écarta.

– J'ai des économies, Constance a des parents aisés.

– Gentils, précisa sa compagne.

– Bref, nous voyons Paula demain.

– Et moi, dit Blaise, hé, ho, on me passe au travers ? Je ne compte pas plus qu'une pomme chiée par l'âne à Siméon ? Je suis défunt, donc négligeable ? Ils auraient pu me demander, tout de même, Félicité, de quel œil je voyais la chose.

La tricoteuse murmura :

– Tu le vois du bon, mon coquin. Tu as quand même remarqué qu'ils avaient échangé quelques mots, de bon matin, avec ta sœur. Tu savais ce qui se tramait. Tu les as manœuvrés, avoue.

– Le fait est que c'est bien, dit l'autre, radouci. Ici, j'ai mon jardin, mon vélo, ma brouette. Je ne risquerai pas ma vie à traverser les boulevards.

– Et pour répondre à la question que Clément allait me poser, poursuivit Édouard, je précise : nous avons l'intention de faire de ces lieux, avec l'aide de Siméon, un jardin de légumes frais, un grand poulailler en plein air et une réserve de cèpes.

Constance, enfin, timidement :

– Félicité ?

– Oui, ma petite. Ne t'inquiète pas, c'est d'accord. Tu n'auras aucun mal à te faire nommer institutrice du village. Personne ne veut y venir.

Constance essuya une larme. Lucie la serra dans ses bras.

– Maintenant, dit Blaise, on se tait. C'est moi qui parle, tu traduis. Je veux être enterré demain après le petit déjeuner en présence de ma famille, c'est-à-dire vous tous et mon cher Siméon, sous les branches de mon pommier, à même la terre, tout nu. Que mon corps et l'humus fassent l'amour ensemble à l'abri des voyeurs et des bénisseurs d'os. Vous répandrez sur nous un semis d'immortelles. Aucun de vous ne parlera. Je ne tolérerai qu'un seul discours, le mien. Car j'ai à vous dire. À demain.

10

Le jour fatal commença tôt. L'aurore se risquait à peine au travers des volets fermés quand Clément décida, au terme d'un débat d'à peu près sept heures de nuit, d'abandonner son insomnie à côté de la chevelure de Lucie enfouie sous le drap, et d'aller se débarbouiller dans l'herbe du jardin éblouie de rosée. Il quitta donc son lit avec des précautions de cambrioleur de palace et sortit dans la cour encore traversée de lambeaux de brouillard. Il s'y trouva tout sot, pour parler poliment. Même l'âne de Siméon, debout (se couchait-il jamais ?), sommeillait, le front contre un arbre. Même les oiseaux se taisaient. Même les brumes s'en allaient alors qu'il n'arrivait qu'à peine. Comme il frissonnait, le dos rond, les poings enfoncés dans les poches, l'idée réchauffante lui vint, puisqu'il n'avait rien d'autre à faire, d'épargner du tracas à la communauté. « Rends-toi utile », se dit-il, exactement ce que sa mère lui serinait, au jeune temps, quand il usait ses yeux à lire plutôt qu'à écosser des pois. Il s'en alla sous le pommier. Il creusa la tombe de Blaise, un peu serrée sur les côtés mais généreusement profonde. Quand ce fut fait il se moucha d'un coup de nez entre ses doigts, puis traversa la cour déserte, se prit les pieds dans un renard qui tentait d'atteindre le bois, s'en vint au fond de la remise et débarrassa le cadavre de sa bâche et de ses habits.

Tandis qu'il s'affairait malaisément dans l'ombre, Siméon apparut à la sortie du bois. Il vint jusqu'au seuil du portail, s'arrêta, ne dit rien, attendit patiemment que Clément se relève. Alors il amena son fauteuil d'hôpital jusqu'au bord du cadavre nu qui gisait près de la charrue et demanda d'un geste bref qu'il soit posé sans heurt, comme un être précieux, sur sa cuisse valide. Il le serra contre son cœur sans souci de sa face blême et de sa puanteur violemment affirmée que seule l'affection qui les avait unis rendait à peu près respirable. Clément poussa le tout devant la fosse ouverte et coucha la carcasse au fond.

– C'est bien, dit le plâtré.

Et Clément :

– Il fallait.

Ils restèrent un moment à contempler le mort, puis Siméon, pensif :

– Quelque chose me gêne.

– Quoi donc ?

– Sa zigounette. La pauvre, elle fait pitié. Que les dames la voient ainsi, toute fripée, je crois qu'il n'aimerait pas ça. Même défunt, quand même, il a sa dignité.

Pensez, par exemple, à Jésus. Serait-il autant estimé s'il nous avait montré la sienne ?

La question, apparemment simple, laissa pourtant Clément pantois. Il contempla l'air alentour comme un qui cherche son chemin dans un infini de possibles, puis, vaincu, haussa les épaules, ramassa sur le tas une motte de terre et l'émietta où il fallait.

Alors la maison s'éclaira. Quatre fenêtres s'allumèrent. On aurait dit qu'elles attendaient, pour ouvrir les yeux sur la cour, que soit cachée, par jeu d'enfant, la petite bête fanée.

– J'ai faim, dit Siméon, tout à coup ravivé. Faim de café au lait, de pain, de confiture et de gnole de figue. Les femmes l'ont cachée mais j'ai l'œil. Je sais où.

– Va te laver d'abord.

L'autre, étonné :

– Pourquoi ?

Et tout à coup se ravisant :

– C'est vrai, pour un enterrement, il faut s'habiller en dimanche et se parfumer le museau. Gardez-moi les tartines au chaud.

Il roula vers le bois à coups de bras puissants et disparut sous les feuillages.

Le petit déjeuner fut presque silencieux. Constance s'excusa de n'avoir pas d'habit qui convienne à ce jour de deuil, Félicité lui dit que ce n'était pas grave, mais chacun avait remarqué qu'elle était descendue prudemment de sa chambre chaussée de ses souliers vernis trop courts, d'où la prudence constatée, et vêtue de sa robe noire depuis trente ans naphtalinée. Clément prévint la compagnie qu'il avait préparé le mort selon ses volontés clairement exprimées la veille de ce jour. Félicité lui prit les mains et lui bafouilla quelques mots qu'elle ne comprit pas elle-même mais qui lui semblaient convenir à la veuve éplorée d'un mari sans défaut. Blaise lui chatouilla le cou.

– Cesse tes simagrées, Féli, elles ne sont pas dignes de nous. Tu ne vas tout de même pas nous chanter un air d'opéra chaque fois que tu passeras à proximité de ma tombe ! Je ne suis pas qu'un corps, madame ! Je suis je ne sais quoi, mais mort ou vif, je suis ! Donc pas plus que tes pleurs je n'aime la couleur de ta robe officielle. Le noir, oui, certes, ça mincit, mais ça fait fond de nuit sans lune. Ce n'est pas là que nous allons, tu le sais bien, ma bonne fée.

Et ronronnant, tout miel tout sucre :

– Allons, s'il te plaît, ma Féli, dis-moi : « Je t'aime à la folie. »

Elle répondit :

– Je t'aime, Blaise.

Sa voix trembla, elle sourit tendre, un sanglot lui mouilla les yeux.

– Merci, ma mie de pain béni. Tu devrais prendre quelques fleurs, te les serrer sur la poitrine et me les effeuiller dessus avant que la terre me mange.

On rangea la maison, on s'habilla propret, on sortit dans la cour ensemble et l'on attendit Siméon. Ce fut long et contrariant. À l'instant où Félicité décidait d'aller le chercher, il sortit de l'ombre du bois comme un athlète handicapé vainqueur d'une épreuve olympique. Il finit sa course en roue libre, les bras ouverts au ciel limpide, et salua la compagnie d'un « Me voilà ! » content de lui mais qui n'apprit rien à personne. Il n'avait pas changé d'habit. Il puait donc comme une bouse mais il avait mis un chapeau.

– Je n'ai pas eu le temps de déjeuner, dit-il.

Il sourit large. Il ajouta, l'index dressé devant le nez :

– Mais je me suis lavé les yeux.

Il parut attendre un instant que les femmes l'en félicitent. Ce fut en vain. Elles s'éloignèrent, Félicité devant et les autres derrière, chacune au bras de son amant. On s'assembla autour de la tombe rustique. Blaise pria sa vieille amie d'aller cueillir des marguerites et de les effeuiller sur sa bouche, ses yeux. Elle obéit. Elle l'entendit qui chantonnait un peu, beaucoup, passionnément, à la folie. Elle trouva cela puéril. Il lui dit :

– C'est bon d'être bête.

Elle demanda :

– Et maintenant ?

Il répondit :

– Enterrez-moi.

Elle fit signe aux Édouard-Clément. Ils se mirent à l'ouvrage, à grandes pelletées. Tandis que Siméon et les femmes, pensives, regardaient le mort s'effacer sous l'averse de terre noire, la voix de Blaise, tout à coup, retentit si gaillardement que les deux hommes, le dos courbe, hésitèrent à vider leur pelle sur le corps déjà disparu.

– Vous n'enterrez qu'un tas de viande, entendez-moi, mes bons amis ! En vérité je vois, je sens, j'aime, je vis !

Félicité, gênée, l'œil à droite et à gauche :

– Calme-toi, bijou. Oh, pardon !

Et la mine désemparée, cherchant ses mots soudain changés en petits animaux fuyards :

– Écoutez-moi, Blaise vous parle. Ou écoutez-le, je traduis, tout dépend de l'angle choisi, sauf qu'à l'arrivée, c'est pareil. Bref, je le sens tout excité. Un enfant, je vous jure, un gosse ! Il a vu le curé tricher à la belote, et il faut qu'il raconte ça à n'importe qui, tout de suite, sinon il boude, le coquin. Enfin, c'est une métaphore, ne prenez pas votre air niais. Donc, s'il vous semble pagailleux, en souvenir de rien, pas besoin de prétexte, soyez patients et amicaux.

Elle respira profond pour apaiser son cœur puis reprit ainsi la parole :

– Notre bon ami nous informe (quoi encore ? J'entends, je dis. Je n'ai pas à être éloquente. Et quand je parle, tu te tais. Je ne suis pas un hall de gare). Donc, notre Blaise tient à nous faire savoir que cet épouvantail qu'on appelle la mort est un mensonge, une invention de tout-puissants trafiquants d'âmes qui depuis des milliers d'années gouvernent les gens, les entrouillent, les trimballent de dieu en dieu, de roi en roi, de guerre en guerre.

– Ralentis, Blaise, tu m'essouffles, inutile d'en rajouter, ce sont tous d'excellents élèves. Regarde-les, ils ont compris.

– Donc, que faire ? Prêcher l'insurrection finale ? Conquérir le pouvoir ? Attention, citoyens !

– Alors là, ça y est, tu patines. Citoyens ! Blaise, tu t'entends ? Et pourquoi pas : chers camarades ? Qu'est-ce que tu veux ? Mobiliser ? Je te préviens, si tu te changes en prédicateur de bastringue, ce sera sans Félicité. Je me tais, d'accord, continue.

– Le pouvoir peut changer de mains, il sera toujours le pouvoir, c'est-à-dire une voix plus ou moins machinale qui a seule et toujours raison. Mon conseil de défunt, mes amis, le voici. Fuyez, quittez la foule, les ogres, les marchands, les bruiteurs de nouvelles tristes, les coureurs de fond, les modistes. Ne vous révoltez pas, surtout pas, malheureux ! Votre rébellion ne mettrait qu'une guerre de plus au monde. Tournez le dos à vos prisons, brisez le verrou de la porte, et osez sortir dans la vie. La vie ? Je n'en connais qu'un grain, celui qui fut semé par je ne sais qui dans cet être-là qui vous parle. Je ne peux en dire grand-chose, sauf ceci. Entende qui veut. Si vous voulez savoir le goût de son baiser, ôtez d'abord vos muselières, et le reste viendra tout seul. Tout le reste, du lit au ciel.

– C'est très bien, Blaise, ça suffit.

– Non, attends, j'ai encore à dire, et du pas mal, je te promets.

– Tu es un drôle de cheval. Tu trottines, on te suit, une mouche te pique, tu t'emballes, et voilà, on ne t'arrête plus.

– Hé, j'ai quand même bien parlé.

– Pas mal. Je t'ai trouvé vaillant. C'est normal, je suis amoureuse. Ma note : assez bien, six sur dix. Si je ne t'aimais pas autant, tu m'aurais peut-être ennuyée. Mais non, tout compte fait, tu ne m'as pas fait honte. Tu avais envie de prêcher pour ta paroisse à ciel ouvert, tu t'es fait plaisir, c'est très bien.

Elle se sentit soudain sans force. Elle avait fait ce qu'il fallait. Maintenant, sa chambre. La paix. Comme chacun restait dans l'ombre du pommier à ne savoir que faire ou dire, Siméon risqua :

– Bon, j'ai faim.

Il s'en alla. On le suivit.

Félicité prévint Lucie qu'elle désirait se reposer. Elle le fit en hâte discrète, tandis qu'elle grimpait au palier. Elle ne voulait rien déranger. La jeune femme dit à tous que leur vieille amie était lasse, et qu'elle descendrait pour dîner. De fait, à peine seule dans l'ombre du couloir elle eut un sanglot misérable et dut renifler quelques larmes avant de trouver son mouchoir. La porte était entrebâillée. Elle la poussa. Son lit, pour la première fois, lui parut trop loin pour ses forces. Blaise était là-bas, allongé. Il lui sembla le voir vraiment, négligemment abandonné, les pieds croisés sur l'édredon et les mains jointes sur la nuque. Son cœur bondit vers lui, ses yeux s'écarquillèrent. « Ce sont mes larmes, se dit-elle, mes brumes qui me jouent des tours. » Elle s'efforça de lui sourire, elle s'avança malaisément, elle se sentit comme une enfant qui fait ses premiers pas vers des bras qui se tendent. Elle se coucha auprès de lui, il disparut mais peu importe, il était plus que jamais là. Elle lui dit :

– Serre-moi, j'ai froid.

Il murmura dans ses cheveux :

– Bientôt, Féli, nous reviendrons, nous serons des amis d'enfance, nous jouerons à l'abri des autres, seuls au monde, sous le pommier, les gens diront : « Drôles d'oiseaux, regardez-les. Inséparables ! » Nous irons à l'école ensemble, nous nous marierons au hameau, il y aura Clément et Lucie, il y aura Édouard et Constance, il y aura Siméon aussi.

Elle soupira. Elle répondit :

– C'est tout cela qui me fatigue, cet avenir, ces remuements. Je n'ai plus envie de bouger.

Elle le sentit qui s'éloignait, qui lâchait sa main sur le drap. Il dit, au loin, insouciant :

– Tu sauras bientôt ce que c'est qu'une femme vraiment légère.

Elle l'appela, la mine inquiète. Elle crut le voir à la fenêtre. Elle entendit sa voix, là-bas. Il dit à la cour, aux vieux arbres :

– Siméon sème sur ma tombe, avec ses graines d'immortelles, la chanson que je lui chantais quand il était triste, autrefois. C'était une paillarderie que je ne sortais qu'entre nous. Comme quoi les chanteurs de cul sont parfois meilleurs secouristes que les honorables gardiens de cellules psychologiques.

Il parut soudain reverdir comme sous un vent de printemps.

– Et voilà mes prochains parents qui partent en promenade intime. Depuis que la mémoire est revenue les voir, ils cherchent la hutte secrète d'Héloïse et Blanc-d'Argent. Ils voudraient y faire l'amour. C'est stupide, elle n'existe plus, mais qu'importe, ils la trouveront. Constance l'imaginera, Édouard fera semblant d'y croire et je me glisserai entre eux comme un intrus miraculeux.

– Viens là, Blaise, viens là, tout près.

Elle se sentait à bout de vie, mais (elle nota le fait avec satisfaction) elle ne souffrait nulle part. Elle le vit s'approcher du lit, aussi vrai que ce jour paisible où elle avait voulu mourir, quand il avait poussé la porte et s'était avancé, timide, avec son odeur de vent frais, dans la chambre aux volets croisés. Il se posa dans le fauteuil. Entre eux, sur la table de nuit, était la photo de Jimmy, encore et toujours rigolard, une fesse contre sa jeep et la casquette sur la nuque. Elle le contempla un moment. Pour la première fois depuis qu'il était là, son cœur resta à marée basse. Elle pensa : « Je me meurs, et qu'est-ce qu'il fait ? Il pose. Il mâchouille sa gomme à la menthe chimique, et tout va bien, il est content. Je lui dirais : "Le monde brûle, qu'est-ce que tu crois ?", il sourirait. Je péterais en plein sur sa belle figure, tu paries ? Oui, il sourirait, le pouce en l'air, comme un yankee gonflé du bon air d'Allemagne. » Comme elle restait à ruminer :

– Tu penses à lui ? murmura Blaise.

Elle répondit du bout des dents :

– Je ne peux plus le supporter. J'ai envie de le torturer. Je me retiens, il sourirait.

Il fit mine d'être effrayé, il agita trois fois la main comme pour dire : « Eh bien, ma vieille ! » Elle s'en amusa. Elle lui dit :

– Ne me fais pas rire, brigand, ça me mélange les vertèbres.

Il fit : « Chut », tout à coup, le doigt devant la bouche. Ils restèrent un moment en silence d'affût.

– Voilà, ils sont couchés dans l'herbe sous un abri que j'ai bâti avec Siméon, autrefois, pour y cacher nos beaux cailloux et nos ossements de bestioles. Ils se sentent chez eux. C'est bien. Ils se caressent. Regarde-moi encore un peu.

– Va, Blaise, va.

– Dors bien. À demain. À toujours.

Il se fit brume, il s'effaça. Elle ferma les yeux pour le voir, là-bas, dans les ombres du bois.

Au soir, Lucie vint à sa porte. Elle l'appela, à voix menue. Félicité n'entendit pas, ou se plut à ne pas répondre. La jeune femme s'en revint parmi les autres, à la cuisine où l'on finissait de dîner. Aucun n'osa l'interroger. Seul Siméon, devant le feu, s'appliquait maladroitement à reprendre le tricotage de la longue écharpe oubliée parmi les coussins du fauteuil. Constance s'en scandalisa. Elle lui dit :

– Laisse donc, tu vas tout lui salir avec tes gros doigts pleins de terre.

Il répondit :

– Bah, je m'occupe.

Et le nez bas, la voix mouillée :

– Elle ne va pas bien, je le sens.

Clément dit soudain :

– Je vais voir.

Il grimpa en hâte à l'étage. On écouta ses pas, là-haut, puis les grincements du silence. Quelque chose, enfin, remua. Le docteur revint au palier. Il se pencha.

– Montez, dit-il.

Constance se précipita. Elle le rejoignit la première. Siméon resta seul en bas, à tricoter, ou peut-être à faire semblant. Ils s'assemblèrent autour du lit. Alors Félicité regarda les visages. On aurait dit soudain qu'elle contemplait des anges descendus pour elle du ciel. Chacun s'émut et s'étonna de n'avoir jamais remarqué qu'elle avait des yeux magnifiques. Ils étaient d'une vieille enfant émerveillée par un cadeau qu'elle était seule à découvrir. Elle dit :

– Clément, ouvre le drap. C'est le moment.

Il obéit.

Son corps apparut en chemise. Elle dit encore :

– Et maintenant, offrez-moi un bel au revoir. Que toutes vos mains me caressent, que je sente leur vie sur moi. J'aurais mieux aimé être nue. J'ai craint votre œil embarrassé par ce que le temps a fané, mais si l'un de vous s'aventure un peu plus loin que convenable, alléluia, mes beaux chéris.

Elle ferma les yeux, attendit. Alors Lucie d'abord caressa son visage, puis ses épaules, puis ses seins qu'elle effleura sous la chemise, Constance lui massa les pieds, puis remonta le long des cuisses, papillonna sur le pubis, Clément baisa son cou, ses cheveux, son oreille, Édouard laissa aller ses doigts sur les hanches, sur le nombril. Et comme les mains et les lèvres extasiaient partout son corps :

– Oh, mon Dieu, que vous êtes bon de nous avoir faits éternels ! soupira la vieille mourante.

Elle dit, les yeux au ciel, puis baissa les paupières.

Elle fut enterrée en secret, vêtue de sa seule chemise, près de Blaise, sous le pommier. Les corps pourrirent là jusqu'à n'être plus rien, puis de rien revinrent deux corps habités par deux voyageurs. Constance eut un garçon et Lucie une fille. On fêta leur venue au monde, après quoi on inaugura la ferme modèle d'Édouard, et les Clément-Lucie apportèrent au hameau de plus en plus de livres, sans lesquels ils ne pouvaient vivre. Ils voulurent que leur maison soit toujours « chez Félicité », ainsi nommée, jusqu'au vieux temps, par affection indélébile. Quant aux enfants, leur existence fut longue, aimante et compliquée. Ils cherchèrent parfois quel diable les avait poussés ici-bas, et parfois quel dieu bien-aimant leur avait offert cette vie. Ils apprirent de tout le monde qu'un sale jour elle finirait. Ils ne voulurent pas le croire. Ils se contèrent leur histoire. Ils crurent qu'ils l'imaginaient. Non, Blaise, on n'imagine pas, on n'imagine rien, Féli. On se souvient.

DU MÊME AUTEUR

Aux Éditions Albin Michel

PAROLES DE CHAMANS, 1997.

LE SECRET DE L'AIGLE, en collaboration avec Luis Ansa, 2000 ; « Espaces libres », 2008.

L'HOMME QUI VOULAIT VOIR MAHONA, roman, 2008, et Points, 2009.

LE LIVRE DES CHEMINS, CONTES DE BON CONSEIL POUR QUESTIONS SECRÈTES, 2009.

L'ENFANT DE LA NEIGE, 2011.

PETITS CONTES DE SAGESSE POUR TEMPS TURBULENTS, 2013.

LE ROMAN DE LOUISE, 2014.

LES VOYAGEURS DE L'AUBE, 2015.

LA CLÉ DES CŒURS, CONTES ET MYSTÈRES DU PAYS AMOUREUX, 2017 ; « Espaces libres », 2019.

Composition : IGS-CP
Impression : CPI Bussière en avril 2019
Éditions Albin Michel
22, rue Huyghens, 75014 Paris
www.albin-michel.fr
ISBN : 978-2-226-32867-0
N° d'édition : 22258/01 – N° d'impression : 2042847
Dépôt légal : mai 2019
Imprimé en France